雪 魂

舒成坤 著

西藏人民出版社

看稿札记(代序)

《愿,我的诗》是一首寄托了美好感情的小诗。作者借白雪形象,表达深切的愿望,愿他的诗渗入土壤,"让花木吸取营养"。这种乐于助人或舍己救人的精神是崇高的,可说是诗的永恒的主题之一。作者努力寻求诗的意境,用"诗与雪一道融化",写边疆战士献身精神,也很有特点。驻守在西藏高原,与雪山为伴,胸襟该是开阔的。在这个意境里开拓,作者是会写出好诗的。

——戴砚田《鸭绿江》1984·8

舒成坤的《绿林里的回声》,是一支动情的歌,也是一束美丽的小花。他讲述的《士兵的故事》和《写诗的战士》,使我们读懂了"士兵"的真正含义——空旷里守卫祖国尊严的山雁,荒凉里永不退色的小树,单调里流动在边境的山溪。正因为作者有一幅战士的肝胆,才在艰苦中找到了欢乐,在荒漠里找到了山泉,找到了诗。我喜欢这束有灵气的小花。

——钱英球《中国散文诗报》1985·6·10

《帽徽与星星的对话》是诗人的异想天开,但读上来却如同聆听一对情人的喃喃絮语。"既然你在夜里仍不凋谢,我怎么能将光辉收敛呢？只要有你在,我就不会疲惫；只要有你在,我就不会畏惧;只要有你在,我就不会被黑夜吞没……"感情的浓烈与诚挚,艺术表达上的率直和单纯,多么像恋人们信誓旦旦的盟誓,感人而又动人啊!散文诗介于散文与诗之间,同时兼有两种文体的特点,即:具有散文的外形,又潜藏着诗的旋律。这潜藏着的内在的旋律,是散文诗的灵魂。《帽徽与星星的对话》之所以有艺术魅力,之所以能吸引和陶醉读者,其奥秘正在于此。

——金铮《春风》1985·8

……舒成坤同志的第一首散文诗是发表在《西藏日报》上的《珠峰说……》,感谢《西藏日报》的编辑同志为他提供了一块生根、发芽的肥沃土地。继《珠峰说……》后,他不到一年的时间里,先后在《中国散文诗报》等十多家报刊发表四十多章诗作。这些诗章,尽管在思想内容的深刻性、特有的风格或形式的多样性方面还有明显的不足,但总的来说,一首比一首有所提高,有所进展。作者能用敏锐的目光去观察生活,发现自己周围的不被人们重视的"小布点",捕捉战士的实质和价值。如《背包绳》这篇诗作,作者在取材上以小见大,用极妙的联想,把背包绳同"军人的使命与责任联系起来,挂在年轻的心头",写出了军人的豪情和新意。特别是发表在《西藏日报》1986年6月8日的《祭》,这篇新作无论从内容上,还是形式上都较以前的作品有所长进。《祭》是作者经过一段时间的思索后写成的,叙述了一个"躺在突然袭来的乱石中,躺在事故的《通报》的字里行间"的只有十八岁的筑路战士。我们的战士就是这样在世界屋脊建功立业,有的甚至献出了年轻的生命,但有的连一个"烈士"的称号也没有得到,事迹只能写进事故的《通报》里。虽然,这是一个悲剧题材,但却毫无忧郁伤感之笔。相反,"在工地上,在团长和士兵的口中,断断续续地流传着关于他的故事","过往的人们,泪珠儿流出来,落在墓前的野花上,落在碑文的沟壑里……"这确实是牺牲,但却壮而不悲,美而不惨。在许多作者还自觉或不自觉地沉湎于无形的栅栏一侧,作孤芳自赏的今日,成坤同志敢于把目光跨越"自我的栅栏",开始正视严峻的军人生活,这本身就是一种飞跃。……

——魏世明《西藏日报》1986·8·11

《枪刺》,尽管有千千万万的人写过,但舒成坤仍写出了新意,这是难能可贵的。常见的事物,能否入诗,不决定于事物本身,而决定于写事物的人。要写,则需要有所发现。一个新的构思,一个新的立意,一个新的侧面,一个新的角度,乃至一个新的比喻,只要属于你自己独有的,都是一种发现。枪刺,"象耕耘在空间的犁铧",一个新的比喻,点亮了一章散文诗。

——钱英球《中国散文诗报》86·8·20

我喜欢《猎犬和猎枪》,因为"只有记忆中美丽的小鹿,依然高昂着美丽的头颅"。这是从生活的矿石中提炼出的美学发现——我以为这个质的飞跃,正是从生活到创作不可逾越的桥梁。

——高砚《黄河诗报》1987·14

《邦达拉姆山》的几个故事,古老而又年轻,象征着邦达拉姆山的庄严、神秘和正在生长的绿意。作者以朴素之笔,凝重之情,写出自然和人之间永恒的默契,纯朴生命的魅力,探求者的不朽(如"山中老者")。作者试着运用写意笔法,省略了背景的细节过程。个别篇章运用较好,如"山中少年",几乎一句一个意象,用极少的文字,概括了他整个生命历程和心灵历程。读之无苍凉之感,又生出一种人生的壮丽之感。

——王尔碑《青年散文诗人》1990·5

西藏的舒成坤是起点较高、较有个性的作者。他在散文诗创作中不断探索,敢于标新立异,借鉴现代派的表现手法,力求独树一帜,他的作品虽不多,但有的作品较为耐读,有的作品别具一格。我想他能再下翻苦功夫,坚持实践下去,他的作品必将为散文诗园地渗入新鲜血液,生长出陌生的迷人的奇花异树。

——王尔碑《青年散文诗人》1990·12

目　录

· 诗歌 ·
1　唱给哨所的歌(歌词)
2　晨曲
3　暮归
4　桥头民兵
5　愿,我的诗
6　这里,一堆白骨
7　思念
8　妈妈
9　信念
10　恋
11　耕
12　雪夜
13　无名花
14　雪莲花
15　牛粪火
16　珠峰(歌词)

· 散文诗 ·
17　珠峰说……

18　牧童
19　巡逻
20　雪花
21　士兵的故事
22　写诗的战士
23　帽徽与星星的对话
24　秋天
25　只要……
26　祖国用信任通知我……
27　换装
28　离别
29　山里女人
30　启程
31　阳光
32　梦
33　背包绳
34　在枣树林里
35　夏天印象
36　小草
37　牛
38　晨曲
40　常青树
41　祭
42　追逐流萤
43　枪刺
44　生活

45　手绢上的太阳
48　圆月
49　灯
50　猎犬和猎枪
51　古海
52　春
54　情
55　爱路
56　山溪与池水
57　军人
58　一种遥惑
59　邦达拉姆山
61　老树
62　过去
63　雪山
64　嘎拉湖
65　往事
66　牛粪屋
67　回头
68　宗山
69　温泉
70　走进雪山
71　树梢上的鹰
72　旋风与炊烟
73　无题
74　怀念父亲

75　岁月如歌
76　桃花村
77　友谊桥
78　阳光雨
79　高原风
80　山
81　望果节
82　赛马
83　雪蝶
84　古寺
85　高原花开
86　牛角号
87　飞来石
88　野鸭
89　散文诗语言之我见

·散文·

91　将军·独手·尼侨小姐

·小说·

93　　副政委住院
96　　卡卡之恋
101　愿

·报告文学·

102　查果拉哨卡之魂

110 雪域警中男儿的情愫
113 雪山鸿雁节

·游记·
118 欧洲之旅

154 后记

·诗 歌·

唱给哨所的歌(歌词)

在那遥远的哨所,
开满芬芳的花朵,
流淌清澈的山泉,
飞扬金色的欢乐。
啊——
心上人哟,
请别问为什么,为什么,
我的爱恋像片白云系在哨所。

在那高高的哨所,
我托风儿捎去我的梦,
我烦云朵带去我的爱,
我叫大雁衔去我的歌。
啊——
心上人哟,
请别问为什么,为什么,
我的心儿永远伴着你巡逻。

(《西藏日报》1984·2·19)

晨　曲

昨晚,觉拉的猎枪,
把太阳射落——掉进了山后面。

今朝,放羊的阿佳又用牧鞭,
重新把它甩上蓝天。

红日像他憨厚的脸蛋,
晨曦像她滚烫的笑靥。

她放牧着情爱,放牧着憧憬,
他猎获着甜蜜,猎获着美满……

(《西藏日报》1984·3·11)

暮　归

暮归的笑声点燃天边的彩霞,
牦牛角上悬挂着一轮淡淡的月牙。

阿佳和觉拉心中的太阳升起来了,
此时,有多少双眼睛在悄悄说话?!

分手时,他俩深情地回眸一望,
嘻!甜蜜早已在眼角嘴边飘挂……

　　　　　　(《西藏日报》1984·3·11)

桥 头 民 兵

你立在桥头
像一尊大理石雕像
狐皮帽燃烧火红的信念
枪刺闪一缕警觉的银光
双眼迎来车辆的长鸣
又送走声声甜蜜的歌唱

你笑对飞雪和风霜
担负起责任的负荷
使命的重量
啊,守桥民兵
你是连接平安的坚实桥梁

(《西藏民兵》1984·2)

愿,我的诗

我愿,我的诗
写进洁白的雪地里
太阳一出
诗与雪一道融化
滴滴渗入软酥酥的土壤
让花木吸取营养
我愿,我的诗
在春天里播种无穷的希望!

(《鸭绿江》1984·8)

这里，一堆白骨

长锯齿的呐喊
带血腥的枪声
如天空滚过的惊雷消失了
颤抖的山早已恢复宁静
这里，英灵成形为一堆白骨
记录了一场悲壮的战争

硝烟熏黑的日子像根瓜藤
开着轰鸣的炮花
结着流血的记印
战争尖利的舌头
舔噬了不屈的生命
信念一样坚硬的白骨
却显示浩气的永恒

那边，走来一位巡逻的士兵
他从尸骨燃烧的白色火焰里
看到了自己的责任

（《拉萨河》1985·1）

思　念

你的日子
是蠕动的风
过去了又回来
拾着时间的碎片
完成一个岛

　　　　　　　（《拉萨晚报》1986·7·16）

妈　妈

妈妈的脸
是风化的岩石
岁月生长泥石流
过去了
就是沟壑
只有我们记得
四季风长出的草
很黄很黄
作一面旗帜
陪伴妈妈

　　　　　　　　（《拉萨晚报》1987·6·13）

信　念

不涨水的季节
很干涸
有些情绪
变成坚硬的石头
开山的风
从身边吹过
唯恐你
把希望染得橙红

　　　　　（《日喀则报》1989·2·1）

恋

她挤完牛奶等着他
他赶着羊群向她走来
望着她
她低着头把手交给他
很久很久
她才向散发着牛粪味的村庄转过身去……

(《日喀则报》1997·8·22)

耕

把犁铧插进坚固的土地里
我们匍匐前行
层层泥浪
留下血迹斑斑的背影
守候秋季

把春天种在原野里
我们辛勤耕耘
绵绵春雨
宣读眼泪汪汪的誓言
收获憧憬

把生命揉进春风里
我们开拓进取
处处屐痕
吻着温情脉脉的眷恋
谱写虔诚

(《西藏法制报》1999·8·31)

雪　夜

雪山融进太阳
余辉洒在羊群里
牧民慢慢隐去
点燃牛粪火
烘烤雪夜

雪山进入梦境
鼾声飘在羊圈里
星月姗姗退去
唤醒牧羊人
走向黎明

（《日喀则报》1999·10·15）

无 名 花

你在夜里秘密绽放
却让白天领受赞歌

(《日喀则报》1999·11·26)

雪 莲 花

越在严寒的冰雪里
越是生长

(《日喀则报》1999·11·26)

牛 粪 火

你没有阳光的炽热，
燃烧时却有阳光的温暖；
你没有花的鲜艳，
燃烧后却有花的芬芳。

（《日喀则报》1999·11·26）

珠　峰(歌词)

走向日喀则仰望巍峨的珠穆朗玛,
走向日喀则揭开第三女神的面纱。
冰雪妆扮你美丽的娇容,
圣地托起你最高的海拔。
珠峰,呀啦索,
你向四方来客献上云做的哈达。
你是东方的神话流传世界,
你是后藏的明珠谱照华夏!

走向日喀则亲近雄伟的喜马拉雅,
走向日喀则触摸地球之巅的彩霞。
高原衬托你身躯的伟岸,
雪域展现你心胸的博大。
珠峰,呀啦索,
你向八方宾朋敬献雪酿的奶茶。
你是辉煌的丰碑壮我中华,
你是民族的脊梁傲立天下!

(《西藏旅游》2012·4)

· 散文诗 ·

珠峰说……

有人说我是世界上最神奇的女神。
有人说我冰冷,而我却热爱春汛;
有人说我严厉,而我却注重感情。
那些不畏艰险追求的人,我将馈赠他爱的洁白和爱的坚贞。
而那些在我脚跟下瑟瑟发抖的懦夫,我只送给他雪崩般的残忍……

(《西藏日报》1985·2·25)

牧　　童

　　一枚闪光的唱针,划着草原的乐纹,向蓝天播放从嫩绿里萌出的童话……

　　一个醒目的标点,挽着希望和追求,标在草原的昨天和明天之间……

　　牧童,一棵跳跃的音符,在紫外线织成的五线谱上,为草原添一支富裕和文明的歌……

(《西藏日报》1985·2·25)

巡　逻

黎明,我巡逻……

巡逻路上,有一条刚刚解冻的奔流的小溪——是祖国捎给我的一支美好动听的歌么?

歌声伴随我巡逻。群星灿烂的天空,映着我的警惕与忠诚。路边的朵朵野花托着晶莹的露珠摇曳着……

"呜啦,呜啦。"清爽的高原风吹起嘹亮的号角。呵,那轮鲜红的太阳与我年轻的向往在哨位上集合了。

我激动地举起五指并拢的右手,用战士的骄傲,向祖国的早晨问好……

(《西藏群众文艺》1985·3)

雪　花

　　雪花,这爱舞蹈的精灵,着一身银装,洒一路鲜洌,在夜晚的哨所上空,翩翩、翩翩……
　　边疆,是她的舞台。
　　哨兵,是她的观众。
　　热情的旋律,冲破冬天的封锁,在小溪中荡一支细柔的春歌;
　　美丽的舞姿,闪耀青春的神采,在天穹里织着和平和宁静。
　　此时,战士用挂满雪花的枪刺写一首抒情诗,为祖国的梦境,又添一丝风韵……

(《西藏群众文艺》1985·3)

士兵的故事

这里,连太阳都没有见过一只飞翔的山雁;
这里,连月亮都没有见过一棵绿色的小树;
这里,连星星都没有见过一条流动的溪水;
——这里,是海拔五千米的边境!
这里的山,是冰铸成的;
这里的地,是雪凝成的;
这里的风,是刀织成的。
我们的士兵,走向这荒无人烟的雪野……
于是——
在这空旷里,士兵就是守卫祖国尊严的飞翔的山雁;
在这荒凉里,士兵就是守护春天的永不退色的小树;
在这单调里,士兵就是唱着和平歌曲的流动的溪水。
于是,这里的每一缕阳光都拥抱着士兵的故事……

(《中国散文诗报》1985·6·10)

写诗的战士

他说,昨晚战士巡逻的脚步踩圆了他的眼睛;
于是,他失眠了!(他思念未婚妻时,也没有失眠呵!)
他,久久地,久久地望着窗外洁白的月光……
粗暴的高原风,像一支支响箭,刺破了诗的意境。
于是,他有了一首朦胧的小诗。

(《中国散文诗报》1985·6·10)

帽徽与星星的对话

边境的夜。

帽徽对星星说——

在地上,我是艳红的花呢,即使在夜里,也不会凋谢!

你问我的根么?我的根,深扎在战士的心的沃壤中;你问我的叶么?我的叶,浓缩在战士的军衣的绿色里。

只要我开着,界碑就不会孤独;只要我开着,边境的夜就不会冷漠;只要我开着,祖国的梦就不会闯进恶魔……

星星对帽徽说——

在天上,我是夜的眼睛!祖国,就睡在我的视野里,我与你一样,也在为她放哨。

有你,与我相伴,我感到幸运。

既然你在夜里仍不凋谢,我怎么能将光辉收敛呢?只要有你在,我就不会疲惫;只要有你在,我就不会畏惧;只要有你在,我就不会被黑暗吞没……

(《春风》1985·7)

秋　天

秋天！
在情人眼里,是火热,是成熟;
在耕耘者的眼里,是收获,是喜悦;
在开拓者的眼里,是成功,是骄傲。

秋天,在那些懒惰者的眼里,是怨恨,是嫉妒。这算是秋天的厄运吧。

可是,秋天从不计较它的厄运,它用成熟的美好的心灵奉献给人们……

(《群众报》1985·8·4)

只　要……

只要有一寸泥土,我生命的粒就要生长;
只要有一块蓝天,我就有一片飞翔的领空;
只要有一束阳光,我就有一线的希望;
只要我还在呼吸,我就不停止进取的思想。

(《群众报》1985·8·4)

祖国用信任通知我……

十八岁,祖国用信任通知我……

——蓝天下,大地上,我身边那么多青年小伙。祖国啊,竟选择我!十八岁就投入军营绿色的生活……

我是在祖国母亲怀胞长大的呀!我知道,在母亲戎马生涯的年代,战争,给她的躯体留过许多弹片……

我懂得对战争要恨。我也懂得是母亲用乳汁把我喂养大!

此时,我的感情像接通了的电流。我颤抖地捧着《入伍通知书》,久久贮立着……

大地哟,请听我把激动的话语似春雨给您倾诉……

(《珠穆朗玛》1985·9 创刊号)

换　装

换装!
——像小孩换新牙那样好奇……
一顶军帽,使我旋涡似的乌发消失了;
一身军衣,把我的流行西装换去了;
一双解放鞋,换走了我黑皮鞋的时髦;
一幅防沙镜,换去了我的太阳镜……
——一切,都在换装时换新了!
换装哟!
我举起伸开的手,多像一棵生长的树!
我是树,绿色的树。
祖国,将把我这棵年轻的树,移栽到遥远的边境——
让我的理想在那儿扎根;
让和平筑巢在我的树顶。

(《珠穆朗玛》1985·9)

离　　别

　　黎明的江中,有一艘军船,我离别在妈妈思念的港湾……

　　妈妈,再一次用粗大的手,把我搂进她的胸怀,让儿子离别时,再一次感受母亲的温暖。

　　头上的云默默地飘,脚下的浪慢慢地涨。妈妈慈祥的目光,编织着爱的光环……

　　一声长鸣的汽笛,宣告了江边的离别,妈妈的眼泪洒在我心里。我也哭了。难道,离别都要眼泪陪伴么?

　　军船行驶在江中。

　　船儿扬起的浪花,是儿子在给妈妈朗诵离别的诗句……

　　妈妈在江边跑着,倾听着……

　　呵,不是离别的离别哟!

　　我把妈妈离别的思念,在我的记忆里收藏起来了……

(《珠穆朗玛》1985·9)

山 里 女 人

　　山里女人的温柔和刚毅,能驯服男人们的粗犷;山里女人的目光,能拴住男人们的倔强与豪放;山里女人的目光,是男人们解不开的绳缆;山里女人的目光,能让那些常年酗酒的男人们不再去酗酒了;有那女人的目光,比烈酒还醇香还醉人。

　　山里女人求索的目光,把男人们送进了函授农科院……

　　山里女人远眺的目光,编织着《经济信息》,让男人们担着富裕的日子走过中国的街市……

　　男人们回来了。女人们亮晶晶的目光,给男人们架设电视天线。然后,让男人们拥挤,女人们嘻笑。

　　山里的女人哟,永远那么自信。

(《西藏日报》1985·10·13)

启　程

　　清晨,太阳为月亮送行了;
　　故乡的小河唱着歌儿为我送行了;
　　故乡弯曲的小路,从夜被里醒来,送行我启程的脚步……
　　我的脚步轻轻地踏着那条小路,踏着一支美妙的晨曲,启程了——
　　我带着母亲慈祥的爱启程了;
　　我带着朋友纯洁的友谊启程了;
　　我带着我憧憬的生活启程了;
　　我带着故乡往日的梦境启程了;
　　呵,我启程在铺满希望的早晨!

(《文学青年》1985·10)

阳 光

　　阳光,在儿时梦呓的摇篮里,在母亲热情的口吻里,在童年沙滩的欢笑里,在老师严峻的目光里……在我成长的思索里!

　　阳光,在我想象的原野里,紫红的湛蓝的黑绿的桔黄的……都在我人生的旅途里!

　　希望的阳光,就在我五彩缤纷的生活里。

(《西藏日报》1985·11·8)

梦

夜哨归来,我小憩了,轻轻地闭上了疲惫的眼睛——
妈妈的思念是蓝色的,因为我想到了湛蓝湛蓝的炊烟;
朋友的情话是甜蜜的,因为我的嘴唇袅结起了湿漉漉的雾;
妹妹的话是撒娇的,因为我的梦太调皮了;
爸爸曾经用来抽打我的那根木棒又"啪"的一下,我蓦然惊醒,原来抽打我的那根木棒,成了我手中的冲锋枪……
我瞧着露珠,太阳从山那边升起,她把我的梦从哨所带走了……

(《西藏日报》1985·11·8)

背 包 绳

从换装那天起,每个战士都有一幅背包绳。
我们用背包绳——
把浓浓的乡音串起来,像鞭炮一样挂在枪刺上;
把未婚妻的心串起来,挂在爱情的树梢上;
把鲁迅的《野草》捆起来,挂在我的肩头上;
把军人的使命与责任系起来,挂在年轻的心上。
高山上,哨所门前的那条小路,不正是背包绳的化身么?!有了这背包绳似的小路,家乡的父老乡亲们,才走向文明,走向富足……
有了这背包绳似的小路,边关才牵住了和平鸟的歌唱……
背包绳是单调的却不苍白!年轻的战士们把她挂在宿舍的墙壁上,从而得到了很多很多的启示和安慰……

(《西藏日报》1986·1·5)

在枣树林里

　　夕阳在树梢上游弋,黄昏在枣树林里燃烧,清风拂动树叶,裂开一条条金色的小路,牵着她们急驰的步伐,负荷着她们沉甸甸的思想。

　　他带着成功的微笑,她带着深情的向往,欢快地像一对回归的大雁,飞翔在心灵相通的小路上!

　　她们的目光捕捞着那些收获红枣回归的人群;

　　她们的目光凝视这片枣树林……

　　他说要做红红的枣儿,把秋天的果实,放在别人嘴里,自己才有甜蜜的价值;

　　她说要学枣树的慷慨,把自己的收获,真诚地捧献他人,我们才有无尽的欢乐!

(《西藏日报》1986·4·13)

夏 天 印 象

骤雨。

——看那涨潮的河水,象长了翅膀似的,时而冲向高空,时而呼啸向前,翅膀上坐的是夏天么?!

好像发狂的猛虎,奔向了原野……

——看那些路上寻找归宿的行人呢?还在泥泞里奔跑着,奔跑着;甚至奔跑着摔跤,摔跤后又奔跑……

——看那些刚放下农活的山里人,拥挤在田埂边的一棵枣树下,似乎要把夏天挤出一团火……

……骤雨停了,夏天走了……

只有缤纷的彩虹留在人们的心上,似乎在燃烧!

(《西藏日报》1986·4·13)

小　草

　　那些除草的老农哟,把它从菜地里拔出来扔到荒芜的角落里……

　　不知什么时候,烈日似火泼到它的身上了,风暴席卷着沙石,覆盖了僵硬的躯体,它渐渐地腐烂。

　　过了一个春天,它腐烂的地方,冒出了绿茵茵的新芽,可是心灵的呼唤?!以纤细的身躯展示春天的活力,漫过烈日、风暴、泥土和沙石的禁锢区,长出绿色一片,为劳累后小憩的农人,献上绿绒绒的座垫,让绿色流进牧童的梦里……

　　我也有七尺的身躯,青春的活力,能穿过命运的紧锁吗?我可有小草的品质么?!

(《西藏日报》1986·4·13)

牛

你不停蹄地拉着犁轭,是想在生活的丛林中寻找坦途么?但你走的犁壕,实在太曲、太弯,弯弯曲曲,立起来太陡;只见你把身躯镶进诗行般的犁壕里,思索着,跋涉着,是坚信道路没有尽头么?!

(《西藏日报》1986·4·13)

晨　曲

一

听说女神的胎盘是草原,渐渐地,她孕育了膨胀的夜……
一切呻吟的痛苦,随夜消逝;可是,她的血,却喷溅在天边……

一轮摇头晃脑的太阳,爬出了草原,蹒跚着缓缓升向深邃的天空,它吃着似草、似乳的云,慢慢地长大、成熟了,尔后用鲜红的嘴唇,吻着草原飘在天空的五彩缤纷的衣襟,尽情地向生育他的草原喷吐着挚热的火!

二

一夜寒冰,携着霞光,渗进土里,长出了清新的早晨;

一对恋人,携着忠诚和纯朴,投进了蔚蓝的眼睛的湖泊里,显示了爱的深沉;

一位牧人,携着牧鞭,甩响了草原清冽的小溪,激起了翻滚的羊群,奔淌着生活的流韵。

……

悠扬的军号,像一位唱歌的青年,唤醒沉睡的昨天,赶上早晨的消息!

三

　　昨夜,上哨的战士,握着手中的枪刺,像握着一柄闪亮的手术刀,割掉了畸形儿似的月牙,凝视天边冉冉升起的太阳,微笑地走下了哨位。

(《西藏日报》1986·5·11)

常 青 树

你见过四季葱绿的树吗？猖狂的暴风摇不动他坚定的信念，狂妄的暴雪压不倒他挺立的身姿；岁月的洗涤液，洗不掉他浓郁的绿色，他是顶天立地的汉子，他是历史的沉思者。

可有一场人造的战火？

他那嘴唇般张开的树叶，是在呐喊正义的甘霖，抢救灾火吗？！

脚下的泥土，变得焦黄，他容忍不了火的凌辱；于是，他带着愤怒，在火线上流动……

火，像长了牙齿似的，咬掉了他的躯体，吸干了他的汁液……

虽然他化为一堆发白的尸骨，却把扎在泥土的根须，牢牢地系着！放射着熠熠闪烁的绿光……

看那些移动在南疆边境战火中的战士们，不就是着一身军装绿的青树么？！

看那从边境延伸到内地的路，不就是战士扎进祖国大地的根吗？！

常青树哟，战士的树！

（《西藏日报》1986·5·1）

祭

山坳里乱石飞窜,一位年轻的筑路战士,躺在突然袭来的乱石中,躺在事故《通报》的字里行间;他的血液,渗进了泥土,粘合了基石,镶进还未到达终点的路……

从哨所通向边关重镇的路呵,

像一条起与止的焊接线,焊接了他十八岁的芳龄;又像一条绵绵长长的装订线,串起他筑路的事迹,装订在《通令》里。

尔后,在工地上,在团长和士兵的口中,断断续续地流传着关于他的故事。

被爆破惊走的鸟儿,从遥远窥见了山峰沉默,白杨肃穆……

在夜里,鸟儿们投宿到他的墓前渐渐流淌的溪畔,听那抽泣的溪水,漫过梦的水平线……

我看见:

黎明,仿佛偎在鲜血凝聚的路基上;长鸣的汽笛,可是给他演奏的一曲颂歌?!

太阳沿着延伸的道路爬行,用霞光织成锦旗披在墓碑上!

过往的人们,泪珠儿滚出来,落在墓前的野花上,落到碑文的沟壑里……

(《西藏日报》1986·6·8)

追 逐 流 萤

我追逐着流萤,捕捉着夏天;

捉流萤,追夏天,是童年的一个好游戏哩!

把那些活蹦乱跳的萤火虫,装进玻璃瓶里,拿回家,放在书桌上,成了照亮黑夜的灯盏,兑换了爸爸的夸耀,妈妈的微笑。

把那些横爬乱飞的萤火虫,束缚在玻璃瓶里,放在书桌上,成为照亮课本的灯盏,赐我光明,陪伴我在《安徒生童话》中旅行……

第二天,邻居的小朋友,在幼儿园里泄了密;我看见那些围观的灵动的小眼睛,可是我要捕捉的萤火虫么?一时,我竟成了萤火虫的故事大王,似乎我也成了走不出童话的安徒生爷爷了。

夜里,小朋友们,躲避妈妈的目光,都去捕捉萤火虫,追逐光明,从山坳里,把繁星般的萤火虫驱进了山沟,照亮了山沟里的一座山乡小学……

于是,奇迹出现了,

满山沟流淌着光明。山沟里,萤火虫流成一条长长的闪亮的剑,插在山沟里的溪流里,插在山孩子的心灵里;

从山沟出来的孩子,带上那把剑,比武在知识的擂台里……

(《西藏日报》1986·8·11)

枪　刺

　　划动的枪刺,像耕耘在空间的犁铧,士兵充满爱的眼睛,让祖国的神圣,在犁壕里,警惕地流淌……
　　闪烁的枪刺,像编织着原野的大网,网住四季,网住和平鸟的歌唱!

(《中国散文诗报》1986·8·20)

生　活

　　生活，像一颗大树；
　　有的人站在遥遥的地平线窥视它,遥远而又亲近。
　　如果你要树上簇拥鲜花,使出你晶莹的露珠吧!
　　如果你要树上结满果子,请做输送养料的泥土吧!

　　生活是一颗大树；
　　有的人在树下避风躲雨,得到的只是雨的烦恼；
　　有的人在树上开花结果,得到的是蜜蜂的歌唱。
　　生活,对每个人都是公正的,就看你是疏远它呢？还是亲近它?!

(《西藏日报》1986·8·31)

手绢上的太阳

一

　　我们的目光,筑起无形的湖泊,感情的浪花,撞击着车门蓝色的堤岸……

　　汹涌的人流中,她那秀发泛起很长很长的波浪,波浪浮起她那蓝色的希望,希望里,冉冉升起绣在手绢上的太阳,缓缓地游向列车的窗口,贴着我的脸庞,胀红了细细的话儿……

二

　　她是幸运的女儿。

　　她有红得耀眼的文凭,她有牛仔裤围着她旋转的城市;

　　就因为我有四季葱绿的军装吗?她才说,她的青春不会枯竭,她爱的原野才有生机……

　　她从世俗的目光中走出来,走向郊外,走向我们常去的地方,走到了我们约会的那棵树下……

三

　　汽笛鸣动了所有的眼睛,携着轨道的长线,放飞呼啸的感情……

　　列车的窗口,手绢升起一片蓝蓝的天空,目光的鹰飞翔着,追踪那片情思的芳草地!

四

爱的列车,高歌着,驶出了月台世俗者的目光,载着爱的秋水,在原野上奔泻!

这些跋涉者啊,

把秀发的波浪,拧一束笑意;

把忠贞的柳枝,插进那本蓝色的影集。

他们从春天走出了夏天,唠叨着秋天的故事……

五

悠阳的军号,省略了他的梦。

训练场上集合起春的方队(战士们才是春的使者),他的每一个军训动作,熟练得像一条流动的小溪,淌过嘉奖和那片掌声;

然而,他的汗水淌着,他的脸,像涨潮的海滩,这时,他很惬意,从衣兜里携一片手绢上太阳的朝霞,抹红了他的微笑!

六

熄灯号响了。

夜,又潜入我们的宿舍,只有这时,我才掏出那块心爱的手绢,放在心的暗室里,显影……

梦醒之后,手绢上的太阳,飘在东方……

七

假如,我巡逻的时候,叩响了天国之门……

那么,你还是立在我们幽会的那棵树下吧,让栖巢的鸟儿,读着我无字的碑文。

将我灵魂的风,鼓满手绢张开的帆,永远靠进你的岸;用我们的目光,校正那些亵渎生活的人们的方位……

(《贡嘎山》1987·3)

圆　月

　　一轮圆月在枪的准星上跳跃了。那是故乡的水井吗?!是她把往日掉进水井的赤裸的纯净的心事担回家了么？圆月才这般摇荡着她按捺不住的心啊。

　　她把水珠儿溅满星空了。我沐浴在星空下，嗅到她的清新了……

　　我吮吸着思念，默默地守护着月夜的安宁，等待着清晨的霞光，去征服她那遥远的心愿。

(《黄河诗报》1987·14)

灯

离开故乡的小河,我在边境找到了归宿……

漆黑的夜里,我巡逻在边境的小镇村落,看那闪耀的万盏灯火,可是祖国母亲心的浓缩?

在这灯河里巡逻,我才不会迷路!

(《黄河诗报》1987·14)

猎犬和猎枪

它们同怀一个阴谋,扼杀一个生命。

当猎犬的嗅觉,追踪一只小鹿时,猎枪的枪筒,对着猎犬的叫声;

猎犬的呼声消失的时候,枪声也就消逝了;只有记忆中美丽的小鹿,依然高昂着美丽的头颅……

(《黄河诗报》1987·14)

古　海

　　记不清是哪个久远的年代,喜马拉雅山曾是一片古老的特提斯海。我在海的睡梦里,仿佛听到了澎湃的涛声,看到了踏浪者的背影……

　　你看那喜马拉雅冰峰可是凝固的万倾波涛,你看那喜马拉雅冰峰可是踏浪者的身影?! 就这样挺立在世界的顶端,成为人们仰望的高原……

　　如今,高原人沿着踏浪者远去的足迹前行,成为喜玛拉雅山谷中狂风朗诵的传奇……

　　虽然我寻不到变迁的浪迹,但我从高原人那里找到了永不变迁的精神追求……

(《日喀则报》1988·3·15)

春

一

　　雪,飘洒在我们的心里,

　　我们走在雪地里,把洁白的颜色,珍藏在心里,想着春天的故事;

　　我们寻着斑痕累累的山溪,聆听春的步履,唯有山溪的歌声扬得很远……

二

　　风,已经过去,

　　留给大地的是微笑的人群,走在晴朗的日子里……

　　只见那些在田野里辛勤的人儿吆喝着:觉拉,开犁!阿佳,扬鞭!

三

　　雨,透过树叶飘洒下来,躺在春姑娘的怀抱里,尽情地挥洒着自由……

　　萌动的春芽,不会忘记养育她的雨滴。她要带着那片金黄,呈现给秋天的雨季……

萌动的春芽,不会忘却被冬天禁锢的记忆。她要带着属于她的若大的秋天,冲进我的诗里……

(《日喀则报》1988·3·15)

情

江边,走来你的倩影,柔柔曼曼,踱过来又迈过去,让人生出许多惆怅和痛感。

就久久地坐在这雅鲁藏布江水逝去的沙砾上,用缄默积累你的情愫,凝望着飞翅的大鹰,写你潦潦草草的心迹……

暮色潜着你簌簌的眼泪,时常澎湃在我的胸壑间,任我怎样用理智战胜心境,也难以表达我此时的情绪。

你迈着独有的温情跨进我的视野,带着情或叫爱,虽然欢乐,但又怎样地令我痛苦啊。

多少夜晚,我读着你被泪水漫没了的音容,是多么叫人难以承受我那忧郁的微笑会去稀释你的家庭……

疯狂着,你跑到我们曾去过的江边,喊那只搁浅在沙滩上的牛皮船——

秋:

船,就在岸边,你知道多少年来我竭力地划着一只桨么?

你牵着网!

我牵着网!

我们都拉着网纤站在河里……

那次,雅鲁藏布江流域窜来了积云、沙石、冰雹……我的身子仿佛晃荡了几下……之后,太阳照着大地明明朗朗,你却无影无踪……

(《西藏日报》1988·9·16)

爱　路

爱情种种,道路条条;爱和被爱,没有负数。
　　　　　　　　　　　　——并非题记

　　既然我们在爱路相识,既然都有拓荒的意志,既然都有收获的期冀;那么,我们就在这里耕耘,不管贫瘠还是丰腴……
　　既然我们在爱路相逢,既然说了走远又走远,既然立足于波峰浪尖;那么,我们就在这里跋涉,不管艰辛还是猎奇……
　　既然我们在爱路相聚,既然把眼泪凝固成透明的风景,既然用心灵的脚步,丈量着我们的虔诚;那么,我们就在这崎岖的爱路上,不畏艰难,生死相依!

　　　　　　　　(《日喀则报》1989·2·1)

山溪与池水

永恒的四季留不住你,山的博大臂膀挽不住你,命运的沟壑挡不住你啊——山溪!

你唱着歌儿跋涉在这个世界的沟沟坎坎,数次摔跤,又数次爬起,冲向悬崖把你摔成碎沫,又重新组合成冲击波的山溪啊!

年年岁岁执着地乐观着奔腾不息的山溪长大了,长成了海鸥爱抚和阳光亲吻的大海!

而昨天躺在池堂昏昏欲睡的死水,依偎着池堤历经日晒雷击,如今崩溃消失了……

啊!在昨天奔腾不息的山溪,今天还活着;在昨天懒惰无止的池水,今天已经死去。

(《日喀则报》1989·2·15)

军 人

那天,是连长年满三十岁的生日。

(他说:在童年的时候,妈妈为他的生日,会准备好多好多礼物,好多好多的蛋糕啊……)

那天,是连长的生日。

可是,连长带领全连战士,进入实弹演习……

那天的演习,检阅着未来的战争,连长是战争的勇士。

那天,是连长的生日。

轰轰隆隆的枪炮声算是生日礼炮吧!

可是,在这礼炮声中,连长的身躯掩护了一个战士的生命,死神吞噬了连长三十岁的芳龄。

连长就这样在生的横线上躺下了,直到永远……

在连长躺下时,妈妈的眼泪是咸的,她说:连长活了三十年,她只养了他十八岁。

在连长躺下时,妈妈的眼泪是甜的,她说:从连长换装那天起,她就把他交给了战争与和平,因为他是军人。那天是连长生日,那天是连长牺牲。

他生在妈妈的怀里,他牺牲在母亲的眼里……

这就是我们的军人啊!

《日喀则报》1989·4·1

一 种 遥 惑

我沿着雅鲁藏布江前行。

透澈的江中,几颗流石。

注定有一条大江,命运都碰撞在一起——擒拿格斗了多少回合,依然向前滚动!

微微的响声之后,被江水肆虐到江边,却巍然横卧于沙砾之中,默然逝去的一切,历经着高原紫外线的捆绑和阳光的焚烧……

此时,蓝悠悠的青烟提示一种遥惑——我仅仅是默默的路夫么?!

(《青年散文诗人》1990·5)

邦达拉姆山

每一个讲故事的都有烦恼的片刻,每一个讲故事的都有快乐的瞬间。

——山中手记

(一)山中少年

邦达拉姆山上并列着两颗古树,
多少次记不清梦想穿越树之峡谷,
你骑着祖辈留下的红马,每次驻足都要在树下掉些眼泪,
呼唤了很久,你才说那两颗树是不结果的生灵。
于是,你走了,
走进雪山那座边民小学,常在邻国的山上画些大红马儿……
很多年过去了,许多学者寻找你遗留在山上石雕般的记忆。

(二)山中夫妻

那时,你们还是少年,就开始幻想观音化成猴子与山妖通

婚的事;

那时,你们的青春膨胀,就常到邦达拉姆山看夕阳;

有一天,你们仿效松赞干布和文成公主,各自从大昭寺门前采来一棵柳树枝种在山上;

几年过去了,你们渴望着两棵小树在山上等待了几年,感觉着两棵小树在暴风雪中执着地并列生存!

有一天,你们在树前叩了三个响头,就卧地而梦。

如今,两棵小树枝长大了,视暴风雪不顾,依然并肩立着;

如今,你们也老了,依然静坐黄昏,望着你们的那两棵树。

(三)山中老者

他擒着拐杖讲完故事走过山顶,再没有回来么?

人们都喜欢说那边有他的无帆船,出航于茫茫雪海……

眼前的巍巍雪峰,是他的白色桅杆么?划着层层浪花卷起白色浮云,似一幅泼洒的油画,悬挂在远远的回声里。

他去了,岁月翻印了许多有关他的故事,迷恋故事的人们向着邦达拉姆山网格似的沟壑,争先攀沿……

(《青年散文诗人》1990·5)

老　树

耸立的冈底斯山和广柔的牧场,

还有那棵横卧高原的老树,没汁没叶,在高原风和紫外线的抚摸下,追溯着往日傲立冰暴笑迎烈日的梦——

在那缺氧的高原里,有过多少磋砣与欢乐;

在那岁月的风雪中,有过多少思考与拼搏。

呵,老树,

你静静地躺在特提斯海留下的万里高原上,看着遮雨的牧童和避风的鸟儿远去。没有微笑,没有吟唱,只有流尽汁液的身躯供行人瞻仰……

有人说:你是一座在燃烧中死去的火山,一幅没有画完的画……

我说,你是一架在高原的历史舞台上复活的钢琴,一首没有弹完的琴韵悠远的歌。

(《西藏法制报》1997·5·15)

过 去

过去,是重重叠叠的山,
过去,是风风雨雨的路,
过去呵,是足迹留下的浪……
只有过去,人在旅途才有绿洲;
只有过去,人在旅途才能跨越峰巅。

(《日喀则报》1997·8·22)

雪 山

高原上,有两座驰名的雪山——
一座叫神女峰
一座叫昆仑山
像少妇丰腴的乳房,耸立在阳光下,倾泻不尽的乳汁,哺育着雪山下的生灵……

(《日喀则报》1999·7·16)

嘎 拉 湖

你像一面蓝色的镜子,镶嵌在雪山之间,映着雪山的容颜……

成群的鱼儿,趴在湖中的雪山里,像蓝天上游动的白云,不知栖息?!

只有湖边的女人,像湖中的雪山,躺在男人的心湖里,忠贞不渝!

(《日喀则报》1999·7·16)

往　事

　　往事,像枕边的梦向我涌来,如沉重的山,压在胸间。
　　这时,我在失望中啼哭,孤独地饮着自己软弱的眼泪;
　　这时,我听见自己残喘的呓语,但始终没有看见自己翻越梦中的那座山岭。
　　如果,往事能够过去,我能从梦中醒来;
　　那么,我会给自己选一条崎岖的山路,翻越自己。

(《日喀则报》1999·8·20)

牛 粪 屋

　　用牛粪砌成的小屋,像满山的岩石在广柔的牧场里站着。

　　雪花,把你覆盖成一层层冻土,你在太阳焦灼的目光中含泪站着;

　　飓风,把你撕打出一道道伤口,你在月光舔抹的牧场上昂着头颅。

　　牛粪屋疲惫地站着,伴随牧人的旅途,撑着牧人栖身的那片领空。

(《日喀则报》1999·8·20)

回　头

　　回过头来,想起孩时的梦境
　　用悠悠的童心倾听,世界是暖色的雨。
　　你的双臂展成鹰翅,从从容容的伸展,像一片被风儿追逐的树叶,飘洒在甜蜜的笑靥里……
　　回过头来,爱天空和大地,你发现涌动的鸟儿拍着潮声般的翅膀,在鼓动!
　　回过头来,看见老者的背影
　　用沉滞的眼神凝视,生活是寒色的云。
　　你的双臂张成风帆,颠颠簸簸地摇晃,像一盏被风儿追逐的灯火,回旋在生命的航程里……
　　回过头来,看辛酸和欢欣,你看见阳光剪出一扇门洞躺的斜影,在抖动!
　　回过头来,如果岁月可以逆转,时间可以逆转,生命可以逆转,那么,让老人和孩子相互搀扶,一同上路!

(《西藏公安》1999·4)

宗　山

　　宗山,同祖先的口碑一起向我们走来,耸立在人们寻古的眼波里。

　　这血与火的宗山呵——

　　在英帝狂妄的铁蹄蹂躏时,是你用满山的石头,化着怒涛叠起的仇恨,抵挡了贪婪的烽烟和疯狂的掠夺……

　　无数忠魂的白骨,垒作你危峰耸立的神奇;

　　无数后裔的眼泪,化作你诱惑不朽的魅力!

　　宗山呵,

　　远去的,是你拼搏的刀影;

　　留下的,是你不屈的风骨!

——于江孜抗英遗址

(《西藏公安》1999·4)

温　泉

　　你从深深的雪山下一跃而起,燃烧后,变成温泉,像穿越雪山的瀑布,悬挂在天空。
　　从此,雪山上出现——
　　一座永不坍塌的丰碑;
　　一道永不凋谢的风景!
　　也许,你想聚集雪山下所有的热能,把一切都编织成多彩的梦境;
　　也许,你想聚集世界上所有的阳光,把一切都折射成完美的形象!
　　呵,温泉!你从雪山的岩缝里涌出,在高空中不断飞溅,融化了所有寒冷……
　　你的炽热是不灭的生命!

(《西藏公安》1999·4)

走 进 雪 山

走进雪山,走进雪沫充饥吸收营养又吐露芬芳的家园。

那遥远的家园呵,燃了一堆又一堆牛粪火,照耀着我们的归期……

走进雪山,走进雪花覆盖孕育生机又结出果实的家园。

那温馨的家园呵,敞开一扇又一扇凯旋门,等候我们的佳音……

走进雪山,走进雪峰崩裂充满严寒又释放春汛的家园。

那茫茫的家园呵,撑起一艘又一艘无帆船,满载着我们的呼唤……

走进雪山,走进血汗浇灌的家园,我们深刻地想着生命。

走进雪山,走进阳光洒满的家园,我们分享着每寸光阴。

(《西藏公安》1999·4)

树梢上的鹰

　　在漫漫的高空,我常看见鹰用锐眼俯视远方,用翅膀翱翔征程,用利爪搏击风雨……
　　如今,我见到的却是一只折断翅膀的鹰,把苍黄的背脊停靠在一棵孤独的树梢上,久久地仰望高空,是在观赏雨后的阳光?还是在劲风的声哨中,对飞翔的渴望,对拼搏的向往?!

(《日喀则报》1999·12·17)

旋风与炊烟

旋风,在我小小的村庄作久久圆圆地徘徊,是在期待我的小屋像树枝上的积雪在瞬间柔软地开花么?

只有斜斜的缕缕炊烟在我的小屋之巅自由自在地飘逸,缓缓地穿透旋风卷起的横蛮的黄尘,轻轻松松地涂抹所有的欲望。

(《日喀则报》1999·12·17)

无　　题

用我颤动的嘴唇
吹响我真实的生命
　　这时,在我心旅的河流上,荡起爱与恨的火焰,向远方飘去飘去,栖息在经过我精心选择的你的人格的港湾里。

(《西藏公安》1999·6)

怀 念 父 亲

　　在我们心里,父亲是一种关爱。
　　在父亲瘦弱的肩上,有我们快乐的童年;
　　在我们涉世的路上,有父亲呵护的身影。
　　在父亲心里,我们是一种伤痛。
　　在父亲搏击的岁月里,我们添了很多无奈给父亲;
　　在我们成长的旅途里,父亲流了很多眼泪给我们。
　　我们,是缠绕父亲的藤;
　　父亲,是支撑我们的树。
　　那个雷雨的夏天。病魔,像一声响雷击中了父亲瘦弱的身躯。父亲那生命的叶一直在雨中颤动……是在抗衡疼痛,还是在呼唤什么?!父亲未能幸福地说话,就把载着很多遗憾的生命之舟,摇到了天堂。
　　我们哗哗啦啦的眼泪,倾泻了整个夏季……肃立在天堂的门口,立一块镶有父亲照片的墓碑。
　　如今,墓碑上那双慈祥的眼睛,仍看着我们幸福地成长!

(《日喀则报》2007·10·31)

岁 月 如 歌

　　你们都走下了高原,把忧愁或快乐留在了我们共同守护的那段岁月。

　　都说忧愁或快乐是从心的缝隙中沁出来的白白净净的水,漫过心灵的那块芳草地,滋润透明与新鲜、善良与圣洁的友情,形成一道无解的方程,留给我们。

　　如今,我们只能用目光的抛物线,丈量肩并肩的那些思念,慢慢体味岁月如歌的形成过程。

　　如今,我们只有用甘苦焊接的钥匙,打开岁月的房门。

(《日喀则报》2007·10·31)

桃 花 村

　　村民们都说桃花是护村的女神。只有说书的老人说说桃花的过去。

　　过去呀,桃花长得宛若仙女,在沐浴节里,一伙野性男人强暴了她们,为了留守尊严,投江自尽?!

　　当年的桃花走了,回到村庄的传说中去了,回到春天的桃树中去了。当年的野性男人也走了,回到记忆中去了,回到说书老人悲悲切切的语势中去了。

　　经过遥远地质年代的大串连,桃花按体格形式的建制,把细胞重新排列成桃树的模样,回到了村庄。

　　村庄像桃树下的一朵朵蘑菇,爬满山坡,神采奕奕。秋风来了,桃树叶纷纷落到村庄上,树杆和树枝就赤裸着一丝不挂。村庄盖上了一层厚厚的被子,村庄不再冷了。这时,村庄散发着桃花开放的那种味道。

(《日喀则报》2007·10·31)

友 谊 桥

两座山,伸出手臂握在一起,
成为跨越国度联结友谊负重历史的桥——
让和平散步,
让发展延续。

(《日喀则报》2007·10·31)

阳 光 雨

有阳光的时候,也有雨,阳光与雨一起洒落下来,就是阳光雨了。

我站在阳光雨的地方,分不清敲打地面的是阳光的声音,还是雨的声音;

我穿过阳光雨的时候,分不清滚落衣襟的是阳光,还是雨水;

我凝望阳光雨的瞬间,眼中有阳光,也有雨水。

(《日喀则报》2007·10·31)

高 原 风

　　在没有树没有雨的季节里,扬起黄色的沙尘翔舞,像汹涌的河流在高原上滚动。

　　这个时节,所有的高原人都激荡在黄色的波涛里,像帆影驱驰在辽远的疆土上;所有的高原人都在遥望江南的小雨和那片树林……

　　我祝福那些在有雨有树的江南的朋友们,也会有高原人那种狂恋雨季狂恋树木的心境,那种穿越风沙的力量和不屈的韧性。

(《日喀则报》2007·10·31)

山

　　风,卷着尘土袭来,在我生命的旅途中堆积起一座飘曳的山。

　　我看不见山顶,也不知道山顶上有些什么。也许有翩翩的大鹰,温顺的羚羊,圣洁的雪莲。也许什么也没有,只有飘柔的雪花和僵硬的崖石。或许只有蜷缩的羚羊的身躯和凝固的大鹰的羽翼,甚至只有埋藏在雪花中的它们的尸骨和陪伴它们的寒冷而凄凉的风。

　　然而,我只知道有山顶,也只知道攀登,带着生命的刚勇与赤诚,在死神埋伏的山路上前行……

(《日喀则报》2007·10·31)

望 果 节[①]

  身着盛装,抬着青稞、麦穗搭成的"丰收塔",到麦田里畅饮丰盛的郊宴。
  骑着马儿,绕着地头疾驰,泛黄的麦田飞动一串流星。马蹄叩打狂旋的地面,颤动的鬃毛像麦浪翻滚。
  敲着震天的锣鼓,唱着高亢的歌曲,振颤麦粒。
  捧着柱香,高举彩旗,用祈求的目光抚摸麦穗,期待开镰。

(《日喀则报》2007·10·31)

[①] "望果节"是预祝农业丰收的节日。"望",意为"田地","果",意为"转圈"。"望果"就是"转地头"。

赛　马

　　腰挎箭袋,背负箭弓,骑着用哈达、羽花和铜铃打扮的骏马,疾驰在喝彩的草原。

　　在快马中折腰,在迅跑中拔旗,在冲刺中射箭……没有野蛮的厮杀,血腥的仇恨。只有强悍与骁勇的追赶,文明与意志的超越……

　　我喜欢赛马场上英勇而文明的追赶和超越,假如生活没有追赶和超越,那它还有什么生机和光辉,它将像没有波涛的死海,没有花草的荒原。

　　　　　　　　　　(《日喀则报》2007·10·31)

雪　蝶

　　雪花飞舞成万只雪蝶，栖息在万花丛盛开的花瓣上。
　　微风吹来，雪蝶溶进花蕊里，抖动着花的芬芳。
　　花是雪蝶的影子么？我看见花瓣张开翅膀，翩翩飞向远方。

(《日喀则报》2007·10·31)

古　寺

在荒草遮掩的座佛前,看不见辉煌的酥油灯火,也看不见经幡飘曳。听不见诵经,也听不见法号或是钟鸣。

但那里确实有一座古寺。

在悬崖峭壁处露出一角飞檐,任凭檐铃在风中如何召唤,也看不见信徒们叩拜的身影。

虽然那角飞檐像欲飞的鹰翅,也未能驮走信徒们失落在红墙与石级上的太多虔诚,飞越滚滚红尘。

(《日喀则报》2007·10·31)

高 原 花 开

　　高原上,金灿灿的黄菊花、香喷喷的杜鹃花、闪亮亮的格桑花……

　　在塑料大棚的苗圃里,在密封严实的阳台里,在大雪融化的山坡里,竞相开放。

　　开出一股浓烈的芬芳,开出一片鲜亮的金黄,开出一派暖人的春光。

　　此时,采撷一些高原花,寄予南方和北方,让他们也看到高原温暖如春的希望之花……

(《日喀则报》2007·10·31)

牛 角 号

用锃黑发亮的牛角号，把那些对死去的牦牛的追忆吹奏出来，吹得草原悲壮凄凉，吹得天边的月牙悄悄落下，吹得古老风情圆润悠长。

吹吧！高昂起洒满泪水的头颅，胀红腮帮，把牦牛的活力与冲动吹奏出来，心的荒原会注入灿烂的晨光。

(《日喀则报》2007·10·31)

飞 来 石

　　在雅鲁藏布江中,有一块飞来石耸立在湍急的江水之上,像一扇宽大的翅膀,托着一颗不屈的灵魂,屹立于江面,召示永恒!

(《日喀则报》2007·10·31)

野 鸭

你兀立于雅鲁藏布江狂笑的浪花之上,既不漂浮,也不沉落。用自信之翅,塑一尊强者的雕塑!

(《日喀则报》2007·10·31)

散文诗语言之我见

有人说,散文诗的语言是诗歌语言的"精美"与散文语言的"流美"的融合。

我认为,"精美"表现在语言的凝炼和创造性上。语言的凝炼,就是作者所选用的词语必须具有丰富的内涵,具有以一当十的张力。散文诗的语言,必须是一般语言的最高程度的提炼与强化(因为一般语言长于表达外部世界,而散文诗语言表达的是感情世界;散文诗的想象世界是极为自由的,它不为外部世界所局限;散文诗以感情为直接内容,其语言不太注重词的本义,而更注重暗示,作者总希望读者想的能比散文诗篇写的更多、更丰富、更深邃),才能体现散文诗独特的词汇、语法、逻辑、修辞的语言特点。只有散文诗独特的语言才能使作者在"情动于中"时的所感所思物质化、外观化和成型化,如臧克家在难民中写道:"日头坠到鸟巢里,黄昏还没溶尽归鸦的翅膀……"。要做到语言的凝炼,必须使语言表现作者的思想感情到了恰到好处的程度(但不是语言越少越好),要想恰到好处,必须少用或不用虚词,因为一切虚词在散文诗中都不能表示实在的意义,不能构成可感的艺术形象,只起语法作用,加之,散文诗在表现形式上可以用一个巧妙的连接,实现跳层的跨度,因此虚词就更不需要了。要提高散文诗语言的素质,必须使散文诗的语言成为言外意、笔外情的指南针,成为暗示与明白相统一的语言。此外,散文诗作者还应在语言的创造性上下功夫,要用前所未有的创造性语言,表达感情。如柯蓝同志在《海的谦逊》中使用的创造性语言"海在奔跑,转战了万里征途之后,回来了",值得借鉴。

散文诗语言的"流美",表现在节奏的明快和内在的韵律上。散文诗语言的节奏与韵律,当然不像诗歌那样严整和拘谨,也不象散文那样随意、舒放,而应是二者的融合,追求内在的韵律美。散文诗语言只有不束缚于诗律的摆布(散文诗不需诗歌那样押韵),才能富有自然天成的音乐美的既铿锵又飘逸的语言。在一些精美的散文诗中,运用了整齐与错落结合的复沓形式,给人以抑扬顿挫的节奏感。整齐表现为排比、对偶,错落则是短句与长句的结合使用,产生节奏效应。复沓,就是内容、结构相同的句式,在一篇散文诗中有规律地出现,既给人以一唱三叹、回环往复的韵味美,又使某种思想感情得到强调。在一篇散文诗中,只有使用长句与短句结合,整齐与错落相间,排比、对偶兼之,才能在形式上呈现一种错落之美,在韵味上给人以抑扬顿挫之感。

总之,散文诗的语言,只有在外观上简洁而又舒放,内涵上暗示而又明白,音韵上铿锵而又飘逸,才能达到"精美"与"流美"相融合的效果。

(《日喀则报》2002·2·18)

· 散 文 ·

将军·独手·尼侨小姐

六月。

漫山遍野开满了五彩缤纷的杜鹃花。花丛中,一男一女胸上戴着白花(女的怀抱幼婴)跪在地上虔诚地叩了三个响头对幼婴说:"孩子,你是将军'关怀'出来的。今天,趁你满月之日我们来给将军烧柱香。"她在花丛中寻觅采撷了一束束洁白的杜鹃花插在"青烟"旁边。然后,他们摘下花瓣洒向山谷。

一辆进口的"山猫"小车在世界屋脊的"拉亚"公路上风驰电掣地急驶。车,在大弯小弯的苍翠森林中徐徐下滑。雨,淅淅沥沥,路上的泥水被车轮甩在两旁。"嘎——"紧急刹车,险些压在了叩头的一男一女头上。

"首长,首长。"他泣不成声。"我叫张顺明,是这个部队的一名战士。有一天,一个意外的事故,把我的双手丢在冰河里了。"话间,紧跪在张的身旁有一位长得不难看的显得憔悴的小姐,从张的空衣袖中拿出两个"肉砣砣"。

"我叫普布卓玛,尼泊尔人,现侨居在亚东镇。"

这时,从车上下来一位老军人,扶着张:"你们这是干什么呀?快起来,快起来。"

"我在部队丢了两只手。有家难回。感谢她救了我。"

"大本布拉(藏语:大官),求求你啦,同意我们结婚吧。我爱这个中国军人!为了爱,我曾三次向中国政府申请加入中国国籍。"

"……"

老军人拍了拍她俩的肩膀,微笑着上车走了。

张顺明沉思着……

(去年夏天的一个傍晚,从狭窄的河谷吹来瑟瑟寒风。他伸出一双无指的手放在亚东河桥的栏杆上,望着叮叮咚咚远去的冰水。

一个肩背柴禾的小姐从桥的对面猛扑过来,伸出了纤细而又有力的手,死死抓住那双即将滑下桥去的肉砣砣。

爱,就在生与死的界线上点燃了……)

不久,她俩的婚姻得到"特许"。

会议室,洋溢着欢乐喜庆和谈笑风声的气氛。白团长领着一对胸戴红花的新郎新娘走进来了。

"沙!"电视机的电源接通了——

西藏自治区、西藏军区讣告:

西藏军区司令员张贵荣同志,在边防一线视察工作时,因心脏病突发,从马背上摔下来,不幸与世长辞……

普布卓玛惊问:"他(老军人)——就是张司令?"白团长擦着眼泪点点头。

婚礼凝滞了。新郎新娘胸前的红花变成了白花……

(《拉萨晚报》1988·8·2)

· 小 说 ·

副政委住院

"副政委住院了!"胡干事刚跨进办公楼就传开了,而且挨着每个办公室奔走相告。

胡干事毫无心思上班。好不容易熬到下班号吹响。他还没有来得及回宿舍,就提着印有"为基层服务"字样的黑色公用皮包,骑着公用"永久"牌自行车向街上飞驰而去。贾主任、张股长……不约而同地涌进了食品店、烟酒店、医药店。

中午,在离营区五公里的某部医院里,副政委的病房早已被探视者挤得水泄不通进进出出来来去去,那情景真象跑马射箭的"赛马会"。警卫员小佘累得上气不接下气,忙碌着料理床头柜和桌子上堆得满满的各类罐头、烟糖水果……

胡干事也不甘示弱地提着鼓鼓囊囊的公文包挤进了病房。小佘毕恭毕敬地接过胡干事送来的蜂王浆、人参、虫草。这位刚跨进军营的战士感到吃惊?!

副政委的脸部用白纱布蒙住了,鼻孔里插入一根"送氧"的橡皮管。胡干事见此自言自语:"副政委的病不轻啊。他若有三长两短,我……"胡干事眼睛像针扎了几下,泪花溢出又收回。

"副政委是高原昏迷症,今天早晨五点钟从边防一线山口送进医院的。师长来过电话……"医生向护士小娟吩咐后悄然离去。

晚上,副政委的神志清醒了许多。他躺在病床上"嗨"的一声出了口大气。

次日,副政委的病情似乎减轻了许多。对络绎不绝探视自己的部下,他由衷感激。

昨天前来探视的人,临走时,副政委没有睁开眼看他们一下,这似乎使送礼的人感到扫兴。今天,这伙人又特意来向副政委解释了昨天已来看望过他。顿时,一股酸甜苦辣的滋味儿一齐涌上了副政委的喉咙,呛得他喘不过气。

沉默。自己是什么病?胡干事为什么这样用力?而且每隔五分钟就要关心地问一下病情。副政委对此又不得不寒暄应付。

"……"

"副政委得的是癌症"噢!又是胡干事。他虽然没有当初奔走相告副政委住院时的声调高,但几乎还是告诉了能碰见的所有人。贾主任、张股长听到这个消息时感到愕然。胡干事见他们不解,他并上前一步紧贴张股长的耳朵,用几乎只有他自己才能听清的声音说:"是我未婚妻小娟看到副政委的病历上写着'CA'的字母。你懂吗?'CA'就是癌症的缩写。"语毕。胡干事还在地上用劲跺跺脚又长叹了几口气,说不清是为副政委的病叹息还是为自己用了二百七十元钱买来的人参、蜂王浆,还有那一斤虫草。

……

"副政委要出院了……出任我们的政委"这消息又不惊而飞。胡干事当听到这个消息时耳朵里突然回响着"CA——CA——"。

但事实不得不使胡干事认真对付,因为,他的耳朵里又时刻灌入"政委——政委——"。他实在是又坐不住了。

　　这天,胡干事下了狠心,又掏了足足七张"大团结"购买了不少东西,健步走进副政委的病房,竟与小佘撞了满怀。

　　"胡干事,请认领东西,政委已出院了。"霎间,胡干事脸上发青发紫又象是发白,他煞费苦心的"劳作"和未婚妻制造的"CA"事件够他咀嚼终生而又是一个苦涩的字——"?"。

(《拉萨晚报》1987·10·31)

卡卡之恋

那片林子,立于奔流湍急的年楚河之中,人们说她是仙地,禁忌人畜践踏。那次,我误闯其中,是89岁的阿妈格珍拉着我连磕了三个响头,匆匆离去的。

直到我巡逻时,憩于阿妈家,她才给我讲述了这段故事——

喜玛拉雅山麓中,有一个很大的天然湖泊——冲巴涌母湖。藏历木狗年,不知道是哪家人没有在门前插上"☉Ǝ"旗①,惹怒了天神,在一天夜里,人们沉睡后,它伸出魔手,推翻了冈底斯山,湖水卷着沙石疯狂地冲向农田,冲进房舍。在一片混喧中,劫走了人羊田地……。清晨,那些幸存者发现一夜之间河中出现了一坐凸凸凹凹的小山。年复一年,没人去下种,在那小山上竟长出了葱绿的树林。后来,人们称她为"卡卡神仙林"。每年那一天的前一夜,人们总是穿着印有"☉Ǝ"符号的黄色上衣,拿着燃烧的火炬,呐喊着、祈祷着,并把洁白的哈达撒向林间……

"那个时候,我还年轻,到阿里转山去了,回来不见了亲人……"阿妈虔诚的神色中充溢着凄惋。

不久,我驻进了连队生产班,只身管理的菜地对面二百米处恰是"卡卡神仙林"。

---

① 日明旗:祭奠天神保佑,不发天灾人祸的一种宗教符号。

月夜朗照菜地,皎洁的月光涌进我那狭小的土坯陋室。

夜风中的神仙林,象牛皮船一样摇晃在年楚河里,哗哗地醉饮河水,仿佛有 7·6 5 3̣ 4|4·3 4 5|3—音符,一遍又一遍地从我耳边滑过……

我生长在川东一个偏僻的山村,从七岁开始,在父母的"严教"下,参加繁重的体力劳动,误了学业,惋惜没有生长在城镇里的情感一直被压抑着。如今,把我这个"土包子"塞进菜地,也是"各得其所",好在对面的神仙林啊,让人神往,让人不愿离去。

黄昏,溶进卡卡神仙林,浮在那片林子的树叶上,等着河边出现野狗追月,旷野上响起"汪——汪——汪"的犬吠声之后,才隐进天穹。此时,我回到那间贴满旧报纸的小屋,已是深夜,钻进被窝,在床头上秉烛读些从墙上撤下来的文字,然后在笔记本上记些什么!再遐想些什么?!

日子过得象那片黄昏,准时出现又准时隐去。只有等到秋季,等到连队派车派人来收获时,才感觉自己一点兵味儿,才读到那些杂志和报纸,读一些菜地以外的消息,才开始想念父母和朋友,才开始认认真真地静坐几天或写出一百余封回信……

收菜的人走了。冬天的菜地一片荒芜。孤独的我悄悄离开那间寂寞的小屋,在河边,到狂风和积雪中,站成雕塑。

不知多久,我找到了阿妈那间土石垒砌的小屋。虽然面积不大,但容纳了十多个浪迹天涯的游子。听说其中还有内地来的卖画哑巴。整个屋子黑糊糊的,四壁弥漫着一些腥膻味儿,一张落地的红黄黑白组成的花布格门帘严严实实地把旷野上的风声雨声摈隔在门外;屋子中间有一张低矮的小桌,一个精制的"扎西德勒"木盒盛着青稞,青稞上面燃烧着神香,还有一盏铜制烛灯,独自发出幽微的光亮,使整个房间笼罩在一片静穆的气氛之中,无论如何,也让人想到会出现些什么奇迹,甚至叫人觉得身心麻木和恐惧。俄倾,有一只小狗窜出来嚷嚷些什么?阿妈躺在那张六尺长的藏式卡垫上呻吟起来,并从阿妈的胸膛冲决出她一生中断断续续的故事。

这些故事,在我以后的旅途中,成了另一种信念。离开阿妈的时候,她送给我一只小狗,我们慢慢地走在那天黄昏的路上。

不久,阿妈病逝在那间土石垒砌的小屋里,听说善良的人们把她水藏在卡卡神仙林旁边的年楚河中。

那只小狗跑到哪儿去了,这些天不见它,我心里老不踏实,尤其是这会儿,要是它在我身边,一定会给我解解苦闷,何况明天我就要离开这里。

今晚的宁静,月亮的明朗,使卡卡神仙林更为神秘,依然肃穆在年楚河之中。几年滋生的情感,足够我写一首好诗,满足我饥渴的心田;可是,是失落感吗?使那直冲嗓门的悠悠恋情,变成咕咕咚咚的唱腔,梗塞在嘴皮与喉管之间。那胸壑里回荡着"卡卡——卡卡"的弧形音波,幅射开去,又叠印在心底。

朦胧中,那只黄色的小狗,两只耳朵竖着,眼角上挂些泪珠儿,跑到我跟前直卧,在月光中,温顺地等待发落。此时,我才萌生出小狗的名字——卡卡。

我和卡卡回到连队,暂时住在"荣誉室"的角落里,接受采访。几天之后,连队文书嘱咐我把这个《让青春在菜地闪光》的发言稿,背个痛快记个扎实。

我死去活来地背了一个多月台词,背着"集体荣誉",我的脑子如醉,眼圈如麻,叫我下辈子也不想当演员。这些日子,还真亏了卡卡,是它侍候着我在烛光下夜读,是它在起床号尚未吹响就叫醒早晨,咬我的被角,把我从床上嚷起来,读"我的事迹"。

回到菜地,时常想起"军区农副业生产经验交流大会",我在主席台上一鼓作气背完了"事迹"。那片掌声之后,我莫明其妙地抱着卡卡痛哭了一个夜晚。

今年,不知怎的,菜地附近的荒山上多了帐篷,时有牦牛潮水般涌进菜地。这会,我和卡卡吃过晚饭就到河边来了,我们头顶黄昏漫延着风景线,夜风吹着口哨走远,凝眸菜地,那牦牛群似游动的黝黑小山,屏住我们的极目点。卡卡已经跑去,它的几个斤斗,联串的虎冲,几组快镜头跃进了牦牛群。

又一次的格斗降临菜地,卡卡反反复复躺在牛肚下趴在牛背上,咬着牛腿,咬着牛脊背,咬着仇恨,咬着一些牦牛逃远。

等我追到菜地,那阵阵嚎叫,慑惊耳目,残剩的牦牛疯狂地猛冲过来,牛蹄踢在我腿上,牛角扎在我身上,一切都是那样忽然,菜地旋转成模糊的旋涡,我带着疼痛躺了进去,有一种撕打后的嗥叫声久久地响彻……

黎明。宗山严然屹立,扎什伦布寺传来粗犷的法号铜音,回荡在山的这边和那边。一只死狼,昨夜就在我的身旁么?!

卡卡披着满身血迹渐渐地喘息,我们端详着躺在阳光里。

我和卡卡竭力恢复身体不久,那辆解放牌汽车放着"响屁"从菜地那边驶来,是收菜吗?! 我们不需害怕那群无理的牦牛了;明天,我们又能吃上他们送来的主副食了;今晚,要拜读家信了吧。卡卡深知我思么?! 它欢快地跑去迎接那破声破气的汽笛,汽车驶着,卡卡在车后哼叫着乐着欢着蹦跳着……

这会儿,我不敢相信在汽笛消失的那一刻,卡卡静谧地躺在血泊中了。

铅一般的夜云压得我喘不过气来,朦胧夜雨洒满我的脸颊,渐渐地稀释那滩血液,直到模糊或消失。那只车轮,象残阳掉进泥土的深渊里,我背着卡卡一步一步前行。

夜雨朦朦。卡卡神仙林是位慈祥的老人,密匝的树叶颤抖着呼叫些什么?我没听清。我踩着仙地这片松疏的柔土,穿越树的峡谷。现在,我绕着这棵大树,踱了两百多个碎步,才走完了它的周长,若大的树身不知伸向何处,只见粗壮的树杆斜垂下来,落于地面,象三头六臂的巨人,我就躲在那里,十指为一虔诚地挖着土坑。夜深了,我手捧泥土,洒在卡卡安然的身上。高了,就叫"坟"吧!把我和卡卡隔远仿佛又近。我采撷树枝,编织了无数花环,放在卡卡的坟上,再在这棵大树上用小刀刻下"卡卡之墓"……夜雨如注。

昨天来的那位汽车驾驶员,捎来了退伍命令,我就卷着铺盖儿走了,那小屋那菜地那片神仙林依然存在着。

回到川东两年了,才得知菜地对外承包的消息。

重返菜地的那天,我向卡卡的墓地走去,阳光雨淅淅沥沥,那年楚河之上在神仙林之间重叠着两条绚丽的彩虹,悬挂在浅蓝的天上……

(《西藏公安》1988·5)

愿……

他研究《吸烟·人体及其他》是一辈子的事了。他发现"尼古丁"的同时,又吸收了;他发现"CA"是癌症的缩写时,又患上了。

有一年有一天,香烟成了被告,原告是他(吸烟的主人),审判席上是陶制的烟缸。

临死,他还拍打着胸脯狂叫:但愿我戒烟就好了……

(《日喀则报》1989·1·15)

·报告文学·

查果拉哨卡之魂

山。冈底斯山上的查果拉哨卡——中国境内的又一个世界之最。

它,高高耸立在海拔五千三百米的喜玛拉雅山第七峰。这里"山高不长草,四季穿棉袄,风吹石头跑,冬天成雪岛"。在这山无飞鸟、人迹罕至的地球之巅,驻守着西藏军区某部"高原红色边防队"八班。哨卡的"最高司令官"自然是班长了。

认识一下吧,班长叫吕永喜,常年与风雪为伍,以冰山为伴,岁月的雕刀旋转了五个春秋,高原的阳光折射出强烈的紫外线,给他编织了一张粗糙的、松树皮似的脸,使他过早显得苍老而黝黑,若不是那身国防绿的军装,谁也猜不出他是一名年仅二十出头的军人。有一次出差到日喀则,有人喊他"二级黑人"。脸黑归脸黑,可吕永喜却从心底感到充实而乐观!

战士的乐,多是由苦酿成的。在查果拉哨卡,尤其如此。还是让我们从吕永喜和战士们的日常生活说起吧。

水。人生的第一需要是空气和水。西藏高原,空气稀薄,水也不富足。哨卡的生活用水要到十二公里外的冰沟里取。一车要装一百桶左右。每次取水,需打通冰层。有一次,在钢钎上砸了五十锤,才破开了冰层,潺潺的雪水,冒着袭人的寒气,十多个战士围观"井下奇景"。

"扑咚"吕永喜照例首先跳下去了！咬着牙一桶桶往上提,手指的关节骨吱吱响,破碎的冰块象刀子,割破了他的小腿,鲜血像一点一点的黑墨汁凝固在腿上。

"人心都是肉长的呀"。战士简超心疼自己的班长夺过吕永喜手里的水桶,跳进冰窟,严寒冻掉了他的十个手指甲。

"为了生存！守哨卡首先要生存！"吕永喜带领战士们忍受着环境造成的痛苦,顽强地拚搏着。在天天、月月、年年的取水、背冰中,战士的毅力、意志得到锤炼。苦吗？请看一位战士写的取水诗：

　　钢钎死死砸向冰层
　　大锤叩打沉睡的溪魂
　　我们能大口大口喝光寒冷
　　我们能大块大块吃掉冬天
　　叫哨卡僵硬的日子变成绿葱葱的春
　　班长便是送春神……

菜。在冰天雪地里,战士们吃水难,煮饭也难,要用特别的压力锅压三十多分钟,还常吃生饭。更难的是吃菜。新鲜蔬菜要到二百多里外去买,因此,只能常常吃干菜。战士们的嘴唇凸起了血泡,高原缺氧加上维生素不足,战士们的脚指甲、手指甲一天天凹陷……

"我真想吃点家乡的四季豆。"

"能吃上西红柿烧蛋汤才棒呐！"

"……"别说了。战士们的要求并不苛刻啊,吕永喜扯着头发看着眼巴巴的战士,伤心地哭了。

那一次,吕永喜搭车到日喀则买菜,返回距哨卡十多公里处,突遇大雪,车上不了山。战士们渴望吃鲜菜的神态又出现在他眼前。他不顾冰寒刺骨,山高路滑,在雪地里艰难地向前移动着、移动着,累得他筋疲力尽时,就躺在雪地里喘几口长气,饥渴了就以雪充饥,晚上十一点多钟,他把两麻袋蔬菜轮换背上了哨卡。吕永喜成了一个雪人。风雪中,战士们含着眼泪围住班长,把那已经发黄冻烂的蔬菜视为海参!

靠买菜总不是办法呀!自己种!1984年2月,查果拉哨卡上响起了"叮叮当当"的镐声。不几天,从吕永喜那冻得僵红的手中,飞出了三座由石块堆成的小山。在班长带动下,战士们坐不住了。镐声"叮当",沉睡的冰层被唤醒,他们很快开出了一块荒地。

在冰巅上,在石缝中,吕永喜和战士们种出了莲花白、土豆、大白菜、萝卜等蔬菜。

这一年,他们班收蔬菜一万二千多斤,哨卡结束了常年吃干菜的历史!

柴。高原的山,光秃秃。哨卡的燃料,只能烧牛羊粪。拾一筐粪,要走一百多里路。在海拔五千三百多米的雪山上,徒步行走都很困难,何况还要把粪背回哨卡呢!

1986年7月14日,吕永喜带领几名战士外出拾粪。火辣辣的太阳烘烤着高原,谁知高原的气候象小孩的脸,说变就变。突然间,天空阴沉下来,狂风卷起沙石怒吼着、咆啸着,象破堤的洪水,夹着冰雹向拾粪的战士们袭来。

"迅速赶回哨卡"吕永喜吩咐大家。

"咚"!新战士汤世荣昏倒了。雪地里,小汤的脸像他身上的积雪一样苍白,死神一步一步逼进,唯有回到哨卡,才有生的希望!吕永喜二话没说,背起小汤,冒着冰雹,忍着饥饿和疲劳,拚命地往回赶……

小汤得救了。他却倒下了,一连三天的高烧,使他吃不下饭,脸浮肿得像个面包。

哨卡升起袅袅的炊烟。那燃烧的,是战士的汗水、心血和灿烂年华!

电。电是生命之光,希望之光。没有电的地方便没有现代文明。为了建设好钢铁边防,连队决定修建一座110千瓦电站的一些营房。

吕永喜从哨卡调回了连队,重新组建了一个班。原来的代理班长当了战士,心里有点想不通,故意给吕永喜找岔子、出难题。吕永喜主动接见他,团结全班战友一心扑在施工上。

施工中,吕永喜总是抢先抡锤打眼,每次点炮都撤在最后。一次爆破中,出现了哑炮,副班长让他先撤。

"不排出哑炮我决不走!" 吕永喜冒险排出了哑炮,保证了战友的安全。

"我不喜欢蜗牛速度!"一干起活来吕永喜总爱对战士讲这句话。装卸一车沙子要往返两小时,连队规定每天每班装卸四车。有的班最多一天才装六车。可吕永喜带的班,风风火火,一天竟完成了十二车。

"小吕,你们莫非有什么诀窍?"连长问。"拼出来的。"吕永喜欣然回答。

在他们班的鼓动下,全连赶在冬季来临之前建成了电站、营房。

如今,战士们住进了新房,用上了电灯,烤上了电炉,吃上了自来水,结束了二十多年住破房子、点蜡烛、烤牛羊粪、吃水靠人取的原始生活方式。

战士们乐了!吕永喜笑了!边防哨卡的夜亮了!

梦。查果拉战士的梦,五光十色。但是,吕永喜的梦,总是萦绕在风雪边防线。

1985年4月,上级命令吕永喜带领全班战士对"6001"界桩实施巡逻。他们打起背包,带上干粮罐头,背起枪支弹药,借着闪烁的星光,凌晨从查果拉哨卡向一条新的巡逻线出发了。

宁静的雪山聆听着战士们急匆匆的脚步声。吕永喜和七名战士蹚过了四条冰河,爬过了十一座冰山,走出了一片片沼泽地,露宿了三个雪夜。

尽管体力消耗很大,他们却毫无倦意。

雪山怀抱着又一条冰河横在他们面前。

"这冰层究竟有多厚?摸不清可不能下去!"

"真他妈的要命,我不过了。"

"……"

吕永喜遇事深思熟虑,老练稳重。他的手动了动,无意中触到了肩上的背包。

他用背包带拴住腰,把带的另一头交给了战士黄兴,向冰河走去。

战士小黄、小冷、小汤一个个仿效着吕永喜的动作,八根背包带拴着八名士兵,依次走进了冰河……

"哗啦"一声,小泠掉进了冰河。连成一串的背包带牵动了其他七个人。

"快!死劲拉住!"吕永喜走在最前面,使劲地把小泠拉出了冰河。

过了冰河。有跳脚的,有搓手的,有哈气的,吕永喜一把拉过小泠,搂在怀里,为他挤干湿透的衣服。

对着地图一看,吕永喜惊呆了:"6001"界桩就在眼前。可眼前的冰峰就像一条张开血盆大口的蟒蛇,随时等待吞噬这八个"外星人"。

"上冰峰,查界桩,要是雪崩了,我们就……"

"死也死在界桩旁,死得才有意义!"小冷平时要发几句牢骚,此刻,也许是班长给了他温暖,显得很乐观。

"紧跟我上!"吕永喜果断地一挥手。通往"6001"界桩的冰峰山腰,有八个背枪的战士向上蠕动着,没有爬山的工具,他们的手指紧紧钻进了雪层,雪沫四处飞溅,他们一寸一寸地往冰峰攀登着……

一股瀑布似的雪花腾起,一转眼黄兴不见了,只听见"哗哗哗"的滑雪声。

"雪山有眼,上帝显灵。"黄兴滑到山下坡紧紧卡进了冰石缝里,他暗自庆幸自己命大。吕永喜和战士们迅速滑到黄兴跟前,形成"三角架",推的推、拉的拉。一分钟、三分钟过去了,终于把黄兴拉出了石缝。

黄兴躺在山坡上,微微地动了动。吕永喜拿出水壶,给小黄喂下仅有的一点茶水,半个多小时后,黄兴才缓缓地坐起来。战士们眼睛盯着眼睛,有个小战士竟急得哭泣起来。

第二天下午,他们才攀上了"6001"界桩的冰顶。

山高风大。战士们只好卧着潜伏在雪地里,在界桩旁观察了六个小时。风雪中他们冻得咬舌头、咬手指。饿了,吕永喜就带着大家啃几口干粮、咽几把雪沫。

夜临近。为了抵抗冰巅上的狂风,吕永喜用八根背包带把七个人和七床军被捆在一起,拴在坚硬的冰石上,自己则迎着风雪,看着七个熟睡的战友进入梦乡。

巡逻结束,回到哨卡。他们脚上的鞋袜脱不下来了,脸红肿了,人变形了,一个个瘫倒在床上。吕永喜又凭着超人的毅力,烧来了"热盐水",让战友们脱鞋袜洗脚,还煮来了稀粥,端到战友的床边。

值得欣慰的是,这次巡逻,他们收集了许多宝贵的资料。这只是他们的普通的一次巡逻!

魂。战士们说,班长是哨卡之魂。

风雪、严寒、饥饿、孤独、苦闷,时时袭击着查果拉哨卡。有吕永喜在,战士们就有主心骨,什么困难也不怕!

——生活单调。吕永喜就带领全班开展"让理想在查果拉闪光"读书演讲会;举办乒乓球、军棋、象棋比赛;他还组织了演唱会,编演文艺节目;发动战士们向刊物投稿,抒发成边守卡的情怀,其中有七首诗歌在《西南军事文学》创刊号上发表。这幼稚的诗作,是战士们理想的心声。

——思想苦闷。吕永喜以兄长般的热情,引导战友树立正确的理想。战士严开富因有过失,被劳教八个月,回连队后感到前途渺茫,思想包袱沉重,产生了厌世情绪。吕永喜利用一切可以利用的机会同他谈心,终于使小严扬起了人生的风帆。

——两名藏族战友文化很低,尤其是小罗布几乎不认识汉字,心里很着急。吕永喜找来汉语小字典,一个字一个字地教,反复耐心,百问不厌。经过几年的努力,他已能看报刊杂志,能用汉字写信了。

魂。吕永喜说,他的魂系在界桩上。

五年前,吕永喜是一个十八岁的小伙子,以两分之差高考落榜。他是抱着考军校的"英雄梦"从陕南来到世界屋脊的。

艰苦的环境,他动摇过,沉思过。然而,连队荣誉室里的上千封慰问信,点燃了他心头的理想之火。毛泽东、周恩来、邓小平等党和国家领导人与哨卡老一辈战士的合影,使他明白了哨卡在祖国版图中的位置。

六十年代国防部授予查果拉"高原红色边防队"的光荣称号,增添了他的自豪感,坚定了他扎根查果拉的决心。

五年过去了,他考军校的机会都在执行任务的缝隙里溜走了。他却把班里的四名战士送下了冰巅,送进了军校。然而,他也有收获:五年中先后被评为优秀共青团员、优秀共产党员,出席了日喀则军分区党代会,参加了北京"国庆三十五周年"大庆观礼。他熠熠生辉的脚印,为"高原红色边防队"这面雪山红旗增添了风彩!

今年,吕永喜二十四岁了。亲友们在家乡先后给他介绍过四个对象,可姑娘一听是西藏兵,吓跑了。

"小吕,退伍回来吧!我爸爸为你找好了工作。"这位写信的小王姑娘是乡镇企业职工,她的父亲是国家干部。

两年过去了,姑娘见不到小吕的影子,最近,小吕收到了姑娘的一封信:

"真不明白,冰天雪地有什么值得你留恋的,爱你的哨卡去吧。"

她很难明白:战士心中决不止装着一个哨卡。不过,他不会记恨你的,姑娘!

(《解放军生活》1987.3)

雪域警中男儿的情愫

狂风怒啸。大雪狂舞。岗棚上的铁皮一块、两块、三块地被风劫走几十米。

气温在三天之内从6℃突降到-20℃。喜马拉雅山被裹在一层厚厚的雪被中,近看一片白茫茫,远看一片白茫茫,白得使人感到凄凉、压抑、恐怖、悲惨。

三天之后,一份"立即疏通通往某县公路"的急电发向喜马拉雅山的警营……

雪线上,一辆东风牌汽车驶向茫茫雪海。厚厚的积雪淹没了车轮,车子在雪野中一转一滑地慢慢向前挪动,公路越来越模糊,整个世界像被雪海淹埋,万物沉寂。

"跟着电线杆走!"车上唯一的一位县中队干部李排长跳下车,站在寒冷的雪地里指挥车辆向前行驶。

车轮打滑,五名战士立刻从车上跳下来肩顶手推,脸冻得通红,头顶冒着白白的热气,车轮在原地飞转,扇起的股股雪沫飞溅到他们身上,帽子上、鼻子上、眉毛上沾满了雪花……汽车艰难地向前蠕动。走走停停,停停走走,他们在茫茫雪域中拚搏了整整一天,眼看着距某县只有20公里了,天色却渐渐暗淡下来,就在这时,汽车掉进了雪坑,大家冒着严寒在冷风中艰难地推着车,镪锵的号子声在寂静的雪野中传得很远很远,然而,车油箱里却没有油了,像一位醉酒的老汉倒下之后就再难直起身子……

风吹雪飞。"已经11点了。"李排长借着雪野反射的微光看了看表,望着眼前几个冻得微微发抖的小伙子,他缓缓地说:"汪志义、罗志、陈明达,你们步行返队报告情况。"

三个绿色的身影在齐腰深的雪海里移动、滑动、滚动,嘴里"哈—哈—哈"地吐出冒烟的粗气。越走越慢渐渐地不知东南西北。他们在雪地里跋涉了7个多小时,眉毛结满了冰凌,汗水、雪水浸透了衣服。风,仍在怒吼;雪,扑打着脸。手脚冻得硬硬的,风裹着人在雪地里打圈挪不开步,他们相互搀扶着向前滚动。

凛冽的雪风灌进了驾驶室,车上的人在寒颤中睁开了惺忪的双眼,动一下,觉着浑身麻木,一点也使不上劲儿。他们怀着希望在寒冷与饥饿中煎熬了7个多小时。"你瞧,来人啦!"他们不约而同地高喊着。前面雪地里朦朦胧胧晃动着两条身影。走近一看,竟是小罗、小陈。原来,他们在雪地里转了无数个圈子后迷失了方向,糊里糊涂地又转了回来。他们头发蓬乱,脚上的鞋子也丢了,走过的路上留下了一条长长的血痕。两条铁铮铮的汉子看见亲人,再也按捺不住内心的感情,抱着排长恸哭起来:"快救汪志义!"说完都昏了过去……

"走!"李排长睁大血红的眼睛大喊一声,他把身上的皮大衣脱下来裹在已抱上车的小汪身上。他们沿着电线杆路标苦挣苦扎苦拼苦斗在雪地里。

李排长一行6人在雪野里熬过了漫长的79个小时,整整四天三夜啊,吃的全是白花花的雪沫,肚里颗粒未进,结果全被冻伤,两人被锯掉了脚。

汪志义朦朦胧胧中看见他姐姐在给自己打针、按摩、输液,把他玩皮不小心摔伤的脚搂在怀里……

"姐……姐"他微弱的喊声换来了外科护士的笑靥。这是一场梦!当小汪从昏迷中醒来时已躺在某医院的病床上了。他突然发现自己的一双脚失去了一只,忍不住大声悲呼:"今后我咋走啊?!"

(汪志义在医院躺了半年之后又回到中队。去年,退伍的那阵,他揣着用一只脚换来的一张"残疾证"一瘸一拐地走向运送退伍老兵的卡车……

后来,听说汪志义在家乡看守鱼塘。)

(《西藏公安》1989·2)

雪山鸿雁节

这个县城座落在喜马拉雅的半山腰中。

尽管《雪国——灾异篇》中常常能见到它泛滥成灾的历史,但它却依然安然无恙地躺在山神的怀抱里。共和国的彩图上,虽然它仅仅是边沿,然而人们却没有忘记它……

——代题记

四月,我随同颁发居民身份证工作组驱车来到这个"雪国灾异"的边境县中队采访。在这里的几天中,给我印象最深的莫过于中队干战们的"鸿雁节"了。

鸿雁。他们说:"是一只传情的信鸽;是唯一与外界沟通信息的天使。"

战士们谈得最起劲的大概要算那"鸿雁"天使了,而最盼望的无疑又是"鸿雁"带给他们的家书。这几年,我身居日喀则,家书抵万金的滋味,我是偿够了的,更何况是远离故里身居雪国的卫士们。信,对他们起着举足轻重的作用。因此,不管预料中是喜是悲他们都在翘首盼望——信!

四月的喜马拉雅山徐徐送来缕缕春风,冬雪覆盖的房顶渐渐消融……边境县城的上空特别晴朗。太阳暖烘烘地爬在春姑娘的脸上,尽情让人们领会她的温馨。

这些天,在"小布点"县城的半山腰总有不少人伸长脖子遥望。他们估摸着传情的鸿雁该飞来。

……等待,失望,再等待……

有一天,我去中队吃早饭,炊事员小许给我唠叨他昨夜的梦境:一个漂亮的女人降临到床边,手里拿着一封信,把挂在腰带上的钥匙弄得叮铃铃地响。我惊醒后急忙喊:干什么。她不语,就悄悄地走了。

老舒。我说的都是真的啊!

(这虽是县城,但一年之中就有半年雪封山,与外界隔绝形成一座孤岛。所以,一年只有半年方可通车同外界沟通联系。但,往往获得的信息已经超过了几个月……)

A. 鸿雁,飞进雪山却是凌晨

一束雪亮的灯光射进山来,叫醒了这个县城。

"车来了!车来了!"站岗的小徐猛喊。睡在床上的官兵动作麻利地翻身起床,绝对比搞紧急集合出奇的快。一个接着一个冲出寝室。此刻,已是凌晨1点31分。有的手提裤子脚拖鞋子;有的身披棉衣不顾摔跤,跳下沟沟坎坎直扑车子。大约又过去了两分钟,邮车被战士们簇拥得水泄不通。眼巴巴地看着邮车进了邮局的大门……

上午,战士们刚吃过早饭,就从邮局扛回了三大麻袋邮件。

"冷国军、王应培……"据统计,这次共收到信件518封,电报19封,两麻袋报纸堆满了整整一张床。这是与外界隔绝了六个月仅差3天后才第一次飞进雪国的鸿雁。

这天,县中队彻底沸腾了。夜深人静,手电光、蜡烛光混合地亮到第二天太阳升起。笑声哭声叫声同时从战士嘴里溜出。

B. 他,舒展着眉头笑了

你瞧!那位坐在蜡烛光下的是县中队排长王应培。他,手里拿着一封信、一张照片来回交叉地看着。他忍不住笑了。他笑出了声,他又笑了,笑得那么甜那么美那么舒展那么开心……

他,结婚的周年纪念日已经过去了四个多月。他把着手指头默默地准确地算过多次:"我们的孩子该生了。"但,由于这几个月一直没邮车来。他在祝福中苦等着把电影演员挂历翻去了四张之后,今天终于收到了已经晚了3个月另28天的喜讯:"平安生儿请取名"的电报;同时,他又收到了爱人特别制作的一个足有6寸的牛皮纸信封,内装着一张白白胖胖又是光头的"儿子百日像"。他实在是想笑!看着儿子的相片合不拢嘴他坐在蜡光下久久地看着儿子,默默地对妻子说:"你真能干。我向你鞠躬敬礼。我感谢你——亲爱的!""叭"——一个飞吻从他手心飞出。他想以最快的速度写封信向她道声心曲,但,写信不知何月何日才能飞到她的手中。对了,起份电报,请驾驶员代发。于是,他借着蜡光斟字酌句地翻了上百页《新华字典》。最后,还是连续抽了几支烟才起草定妥了这样一封贺电:

喜闻得子发贺电儿像收悉连吻
十遍遥祝你母子安康取名龙飞

电文改了三遍之后他才正正规规地抄写了一份。他又拿出一叠人民币交给驾驶员说了一番劳驾拜托帮忙感激万分之类的话之后又递给驾驶员两包"喜"牌香烟。这烟,是他专门留着这一天请客的。然后,他硬是把这四包"喜"牌香烟一支不剩地发完之后才踏实地坐了下来……

C. 他,手拿电报恸哭

他叫冷国军,是这个中队的老兵。他是家里的顶梁柱——独子,也是他母亲的骄傲——军人!

冷国军在家乡初中毕业种了两年的责任田之后,他的母亲认为他整天扛锄头挖泥巴会没出息,怕以后连媳妇都不好娶,应该去外面跑跑见见世面,今后也好在乡里村里族里挺得起腰!"农门"家庭的子弟也实在想不出别的什么门可跳。这几年当兵的路子宽了一些走的人也逐渐少了,这是一个机会也是唯一可闯的一条路,有一天,他的母亲在上街赶集的路上打听到了征兵的消息,于是便喘着粗气跑到冷国军高举锄头干活的地里说:"军儿,你还是去试试,听说在部队立了军功就不会扛锄头了……"冷国军甩下锄头没想到"一路顺风"就迈进了橄榄色警营,成为家族中唯一的一名光荣的武警战士。他为此兴奋得流出了眼泪。后来,他才听说本来没有他的名字,是因为县人武部某人的儿子听说这批兵是去西藏,怕喝风咽雪,于是吓退了,才把他的名字换成了——他。这是他踏进了警营的大门后一位同乡告诉他的。

"既然是我顶了别人的名字,那就要好好干。"他是这样想的:"一定挣一个军功章,一定不辜负母亲的深情厚望。"

经过三年零九个月的努力之后,冷国军的希望实现了:他用辛勤和血汗挣得了一枚金光闪闪的三等功勋章。正当他兴高彩烈地准备寄回军功章让母亲那脸上辛劳刻下的刀印舒展一下皱纹时,他万万没有想到,一封已经过去了84天的电报把他的心撕碎了:"母亲去逝,盼儿速归,父。"

〔冷国军告诉战友说:昨晚他还在梦里见到了母亲。她老人家看见他手里捧着的军功章逢人便说:我儿有出息,立了军功,可以不扛锄头了。〕

当冷国军反复准确地看清了电报上的每一个字时,一切都变得那么凄凉和冷酷。悲哀、恸哭。最后,他哭不出声时窗外已经发白了。冷国军拖着沉重的步子来到户外,跪在雪地上,点燃几张发黄的报纸,据说是按家乡的乡俗给母亲烧香、烧钱,以示祭奠。然后他双手捧着军功章在薄薄的雪地上向着东方磕了三个长头,虽然没有八廓街那些信教徒磕得那么响,但,他的神情是庄严的。他虔诚地歌颂母亲在人世间53年的艰辛苦做,祝福母亲在九泉之下安息……

报纸燃烧的青烟袅袅升起,冷国军擦了擦脸上的泪水,背着枪又向岗楼爬去……

这便是我们所见到的"雪山鸿雁节"。

在这几天的采访中,我们常常为一个问题所困扰,那就是一个西方哲学大师说过的:人生是苦海,要想解脱,只有三法,或死去,或献身宗教,或追求艺术。

然而,在如此恶劣的自然环境和艰苦的生活条件下,这个雪山中的县中队干战们没有谁去寻死,似乎也没有人想去当和尚,倒是在这雪山的怀抱中执着地追求着一种难以名状的艺术。

(《西藏公安》1989·4)

· 游　记 ·

欧 洲 之 旅

11月16日　晴　星期日

今天是2008年11月16日,经过一个多月的审批、签证、办理护照后终究成行。

来自北京、上海、贵州、湖南、广西、广东、云南、西藏的21名中德合作西部地区县处级干部高级研修班(第5期)的学员,早早地乘坐大巴车奔赴上海浦东国际机场,锦江旅行社安排大家匆忙地吃过午餐,就在候机大厅静静地等候。下午2:10分,大家搭乘德国汉莎国际航空公司波音747客机在浦东机场平稳起飞,开始了我们的欧洲之行……

我和大家带着多年来的出国梦想,在阳光明媚的万里高空飞翔,越过太原、莫斯科等众多城市和大片荒山、森林、湖泊的上空,渐渐地步入夜色之中。面对异国空姐灿烂的微笑,聆听机舱外轰鸣的发动机声,听着听不懂的德国音乐,吃着不太习惯的西餐,凝视夜空中伸手可摘的金星和木星,俯瞰夜空下灯光簇拥的城市,我难以入眠。时至次日凌晨2点(当地时间16日下午7点),我们飞抵德国法兰克福。在飞机落地的片刻,我的脑海中浮现着文艺复兴时期著名诗人歌德的诗篇,想起了他那浪漫的爱情故事。大约在一个小时后,我们乘坐的"奔驰"大巴车离开了这个欧洲第二大机场和欧洲金融中心的城市。途经2个小时的车程,我们到达德国科隆,住进了一家商业中心的旅店,名叫康密阿兹。这个旅店虽小,但装修很精致、很温馨。我们就在这个德国第四大城市的旅店里安然入睡,此刻已是北京时间凌晨5点整。

11月17日　晴转阴　星期一

在康密阿兹旅店吃着早点,凝望对面不远处的地铁站和来来往往的城市列车,仰望那经历了战争轰炸又断断续续修建了六百年的科隆大教堂,看那缓缓流动的莱茵河水和那缭绕在人们脚下的鸽群,环视科隆完美的基础设施……让我们对这座德国西部最大的城市无比赞叹!我们走出旅店,沐浴着晨曦的阳光,乘车前往德国城市联盟(城市议会)。车在莱茵河的右边虽行6公里,但却有5座桥梁横跨莱茵河,其中一座是铁路桥,每两分钟通过一辆列车,是世界上最繁忙的铁路桥吧?!沿途可见罗马时代的古迹乃至中世纪残存的城墙和城门。车行10公里左右,我们访问了德国城市议会,尼迈尔女士对其历史、产生、组织机构、职责任务作了详细介绍……就这样,开始了我们在欧洲对区域治理、经济发展与环境保护的培训考察之旅。

在一家中国餐厅,我们遇见了一名打工的中国留学女生,她说:"打工所得完全能够支付生活费用"。在她那漂亮的脸蛋上没有丝毫羞涩。金色的阳光洒在中国餐厅门前碎石镶嵌的小道上,停靠在莱茵河边的船舶静静地等候启航,我们急匆匆地前往科隆大教堂。据说,科隆大教堂是世界上著名的大教堂之一,也是德国最大的哥特式教堂,塔尖高度157米,占地6166平米。1248年,当地的大教主决定建造哥特式的大教堂,用了80年才完成正殿。1560年,德国的宗教改革迫使工程停工。19世纪初,在大诗人歌德等人的推动下,大教堂于1842年开始按原图继续施工,直到1880年才全部建成。二战时期,14枚炸弹光顾教堂,战后才得以修复。

我们肃立教堂,倍感庄严,几百年来又有多少情侣步入这圣洁而又神圣的爱的殿堂?!

站在教堂的石阶上,我们与前来旅游的金发女郎和同行的人们合影留念,与前来旅游的中国留学生互致问候,随即踏上了前往比利时的征程。

旅途中,国家发改委的于红组织大家展开歌咏比赛,东部省市与西部省市、行李组与鼓掌组、青藏组合与自愿组合,轮流上阵。车厢里,荡漾着中国流行歌曲……我不会唱歌,就用手机给在中国的亲人和朋友不断地发着短信,告诉他们:沿途的绿化面积在45%以上,环境优美,仿佛置身于花园之中;高速路很干净,路面很好,还有驶出高速停车休息的支路,也非常人性化;村庄相对集中、整洁,红瓦点缀原野,诗意盎然;大片大片的土地上停放着一些大型拖拉机,不难看出是机械化耕作,大片大片的果园不难看出是规模化经营;棚栏里的马匹、奶牛悠闲地吃着人工种植的饲草……

3个小时后,我们到达比利时的首都布鲁塞尔,入住"喜来登"附近的一个较差的旅店,同行的云南的老寸和老陶在住店登记时,装有高级相机和刮胡刀的包被人拎走。后来,他们向当地警方报案也无济于事。他们的心情很糟糕,大家的情绪也随即变得紧张起来,出门和上街都很小心,也非常警惕。大家在旁边的一家西餐馆每人吃了28欧元的西餐后自行离去。我和湖南的老杨、广东的老魏在大街上闲逛,听着这座城市的声声警笛,看着小百货店前安装的监控录像与荷枪实弹的警察,我们走在车水马龙的大街上,灯火辉煌。

11月18日 晴 星期二

昨晚,老婆用手机发来信息说生病了,我很是担心,在凌晨3点就醒了。早晨7点在入住的旅店吃早点时,于红向我介绍从巴黎过来的英语翻译郭女士,她说8岁离开香港,哥仑大学毕业,婚后无生育,领养了一个韩国孤女,正在托朋友让她上哈佛大学。这位自由职业的郭女士在后来的翻译工作中,英语和中文水平较差,大家对她很是抱怨。

今天是出国考察的第二天,我们早餐后就前往比利时国王的皇家教堂、皇家公园和国王的行宫参观。途中听一个很胖的导游说布鲁塞尔有包括城市列车在内的火车站26个,其中有3个国际火车站。布鲁塞尔是欧盟和北约的总部,欧盟总部是经济组织,北约总部是军事组织,欧盟有27个成员国,总部雇了7000名职员在布鲁塞尔工作。布鲁塞尔是比利时的商业中心,是比利时王国首屈一指的工业城市,现有100万人口。布鲁塞尔历来以宽容著称,对欧洲的建设持开放和欢迎态度。

传说布鲁塞尔郡的领主,鲁汶的伯爵(1041—1063)之子曾因米歇尔相救而幸免于难。为报答其救命之恩,伯爵授予米歇尔布鲁塞尔守护神称号。自1455年以来,降妖伏魔的大天使铜像就一直点缀在市政厅的塔尖,守护着整个布鲁塞尔。1000多年前,布鲁塞尔还只是一片由桑纳河环绕的沼泽地,零星地点缀着少量岛屿和沙丘。法国查理国王在布鲁克塞拉郡的一个小岛上修建了他的城堡。城堡由土坎和木栅围绕,被称为布鲁塞尔。随着一座桥梁跨河而建,布鲁塞尔就开始具备了军事、行政、经济三大功能。到 14 世纪,人们在布鲁塞尔建造了第二道大型城墙,城墙设有七个城门要塞,从而形成了仍保留至今的五角形城区。到中世纪,这座城市相继成为布拉班特公爵之城及查理五世的寓所,并先后成为许多君主的垂涎目标,皆欲据为己有,以扩张自己的帝国。1830 年,布鲁塞尔爆发比利时革命,布鲁塞尔随后成为利奥波德二世统治下的现代化首都,他对布鲁塞尔的城市发展进行了根本性的变革。

在湛蓝湛蓝的天上,有很多架北约的喷气式战斗机来回飞行,据说是在训练。后来,我们在很多地方都能看到这种喷气式战斗机的训练情形。

我们乘车观望皇宫,发现皇宫上方有比利时国旗飘扬,说明国王身在比利时(如果皇宫上方的国旗垂挂,说明国王不在比利时)。皇宫现为国王的办公场所,在夏季时还对公众开放。在皇宫大门外围的铁栏下面有两名身着橙黄色制服的侍卫,守护着皇宫。皇宫由两座 18 世纪建造的大厦组成,两座大厦按照荷兰国王威廉一世的旨意连为一体。利奥波德二世对皇宫进行了扩建,还设计了新的门面,并用两个对称侧翼和刻有三角墙的柱廊连接两侧楼阁。

在皇宫前面是一大片树林,我们在一棵挂满金黄色叶子的树下拍照留念,胖子导游向我们特别介绍了旁边的"中国亭"和"日本塔"。中国亭是利奥波德二世国王于 1900 年参观巴黎博览会后,授意建造的凉亭,其外部所有木质构件和走廊均在上海制成。1901~1904 年,利奥波德二世国王修建了一座佛塔建筑的日本塔,其入口走廊与巴黎博览会为举办 1908 年世博会而重建的"世界之塔"的门廊十分谐调。

我们参观了拉肯皇室庄园,这个庄园在18世纪是奥地利帝国的一部分,在法国和荷兰占领时期,拉肯曾是拿破仑的寓所,之后又成为荷兰威廉国王的寓所。目前,拉肯一直保留着利奥波德二世(1835～1909)时期的风貌。利奥波德二世在1873年主持建造了温室花园,是典型的19世纪的建筑风格,巧妙运用了金属和玻璃。在这个花园里收集了各种奇花异草,在每年的早春时节向公众开放。在正方形结构的布鲁塞尔公园,有一条小径从公园中央八边形湖泊向四周延伸。这个公园是1780年由皇后 Marie Tnerese 下令按照当时欧洲其它首都城市的公园设计的一个法式风格的公园。这个公园也是1830年9月爱国人士英勇战斗,最终使比利时走向独立的地方。利奥波德二世为纪念比利时独立50周年而建了五十宫凯旋门,但在举办纪念活动时,只建成两个侧翼,三个等高的拱门直到1905年才在两个米圆柱廊之间建成完工。这座历史性建筑现为艺术、历史、军事及汽车博物馆,藏品丰富,引人入胜。

我们继续乘车来到皇家广场,其坐落在始建于13世纪布拉班特公爵宫殿广场。宫殿于1452年设计装修,后经阿尔伯特大公及伊莎欠拉大公夫人改造并配备设施。宫殿于1731年毁于一场大火,并于40年后重建为长方形广场,广场由柱廊连接的八座路易十六建筑风格的大厦组成。这里有一个新古主义风格的教堂,其中央有1848年建成的耶路撒冷国王开始第一次十字军东征时的雕像。国王大厦也坐落在古老的面包市场,从来没有国王在此居住。从16世纪起,这里曾是行政和司法中心,以西班牙国王的名义负责征税。国王大厦曾多次重建,1874年被夷为平地,现为城市博物馆的歌特式建筑所取代。

我们参观了原子球。这个原子球是为1958年布鲁塞尔世博会而建造的。这个原子球设计建造了三年时间。设计师表达了作为所有研究物质形成各科学之基础的原子理念，以纪念碑形式突出强调了无限小微观世界的重要性。设计师将铁的基本晶体放大至铁原子的1600亿倍，将其命名为原子球。原子球成为二十世纪的象征，人类在20世纪开始全面掌握并广泛运用原子理论。原子球为钢质结构，相似于铝合金，高102米，由直径分别为18米的9个大球组成。对角钢管长23米，直径3.3米。电梯的速度达每秒5米，是欧洲速度最快的电梯之一。原子球结构重达2400吨，原子球的弹性结构便于其在强风天气下随风而动。2003～2004年对原子球进行了庞大的修缮，使其更加光彩夺目。

我们在前往布鲁塞尔大广场途中，看见了布市楼房最密集最高层建筑的欧盟办公区。1958年1月1日以来，布鲁塞尔一直是欧洲经济共同体总部所在地，该组织于1992年改组为欧洲联盟，包括欧洲共同体委员会、欧洲经济社会委员会、欧洲部长理事会等三个重要的欧洲组织，均设在布鲁塞尔。布鲁塞尔还与斯特拉斯堡共同承担欧洲议会职能，负责举办欧洲特别全体会议。正是因为欧盟及北约等众多重要国际组织的总部设在布鲁塞尔，使其成为一个重要的国际化城市。在布鲁塞尔设有1000多个国际组织，全球有1000多个商务会议在布鲁塞尔举行，使该市成为全球第三大会议城。欧盟的五大机构各司其职，其中包括设在布鲁塞尔的欧盟理事会。理事会由各国选派一名代表组成，分别代表各自的政府。理事会主席由各成员国轮流担任，任期六个月。欧盟的另一个管理机构是欧盟委员会，其总部设在Berlaymont欧盟大厦。

欧盟委员会向理事会提出法律草案并监督实施。欧盟委员会由20名独立委员组成,任期4年。罗伯特.舒曼(1886－1963)是建立欧盟这一理想的重要人物之一。

我们在布鲁塞尔大广场与当地的小朋友和过往的黑人姑娘合影留念。布鲁塞尔大广场是布鲁塞尔的第一个贸易市场,从12世纪开始,就有菜农、工匠、屠夫和鱼贩光顾。第一批木质建筑群几乎全部由当时的行会所修建。建筑群最初随意分布在市场四周,汇集广场的街道狭窄而无任何铺砌。13世纪,布匹交易所等一批室内市场出现后,建筑物开始有序建造。到15世纪,在伯艮底公爵的统治下,重新铺砌后的大广场更加壮丽,随着市政厅的完工和新行会大厦的建设,其石砌墙面成为建筑奇观。大广场是官方庆祝活动和大型公众活动中心。1695年8月10日路易十四军队的炮击几乎摧毁整个大广场。重建大广场花了5年时间,其镀金建筑及盾微使其成为全球约无仅有的建筑。1971年大广场首次铺设花毯,随后每隔两年在8月15日周末,采用根特地区种植的80多万株精选秋海棠以不同主题重新铺设一次花毯。市政厅就在大广场,是比利时最杰出的歌特式标志性建筑物。市政厅分为两期建造而成。规模较大的左翼于1402年开始建造,同时保留原有的钟楼。在随后建造右翼期间,由于外观破旧,钟楼被部分拆除,后由建造的塔尖取代。在1695年炮击中,塔楼幸免于难。优雅的塔尖上设有一个5米长的风向标,象征米歇尔降妖伏魔。在市政厅旁边围着一大群人在听一个传说:1388年,有位大贵族为保护其城市的权益而身受重伤,为了纪念他,人们在市政厅走廊下建成一座铜像,据说铜像可以为触摸其铮亮铜手臂的人带来好运。我们争相触摸,第二天我路过此地时，又触摸了一次。

11月19日　晴　星期三

昨天，我们在布鲁塞尔市政厅广场逛商店。在出国之前，我接受同事的委托，帮其在欧洲买一块欧米嘎手表。我早就准备看一看欧米嘎手表了。正好有上海组织部的老丁（代表团团长）、国家发改委的于红、小潘和贵州发改委的李静、深圳扶持办的老徐等人和翻译郭女士一同前往。市政厅广场上有好几个表店，还是老丁最早发现"欧米嘎"专卖店。我邀请郭翻译等人一同进店，经过一翻讨价还价，未能成交，弄得郭翻译很尴尬。这个店虽然不大、表的品种虽然不多，但毕竟是个专卖店，我对"欧米嘎"手表也有了初步的了解和认识。

陪同我们的德国技术合作公司经济改革综合项目主管孟默林先生，安排我们在附近的一家中国餐馆用完午餐后，我们继续逛商店。有人说世界上最好吃的巧克力在比利时，大家争着进巧克力专卖店，购买了不少巧克力，带回国内赠送亲朋好友。

今天是出国后的第三天。上午9点，我们从布鲁塞尔旅馆出发时，阳光明媚，约一个小时的车程，我们到达港口城市——安德卫普。我们乘坐的大巴车就停靠在通向港口的堤坝上，河水很平缓地流着。大家很想沿着这条河流去看一看港口、看一看北海。安市多数为白人、少数黑人，其城市公共交通以轨道电车为主，市内建筑物多为年代久远，很多老房子、老街道，街道上铺满小石块……我们很感慨。据说，安市市政中心广场是全球钻石加工中心。下午1点~3点多，我们在市政中心广场附近吃完西餐返回布鲁塞尔已是下午5点了。我从安德卫普返回后,和部分同行者参观了小于连撒尿的雕塑像,来自中国、日本、韩国等亚洲游客争相拍照。有关小于连的传说有诸多版本,据其中的一个传说,这个小男孩曾扑灭了一场大火,从而使布鲁塞尔免遭劫难。小于连无疑是布鲁塞尔最知名的公民!雕像以青铜制成,高60厘米,给小于连铜像制作的服装到2003年共有740套,皆在国王大厦的一个大厅内展出。雕像曾数次被盗,并不是每次被盗都能追回。

11月20日 阴 星期四

早晨9:30分,我们从布鲁塞尔出发前往荷兰马斯特里赫特,看见一座高楼上的电子显示屏显示着布市的气温,天空飘着雪花。

11:40分,我们到达马斯特里赫特时,我想到了荷兰的鲜花,特别是郁金香,看到了荷兰的确是自行车的王国,又想到了过去荷兰举兵攻占台湾甚至加入了八国联军……

我们在市政广场附近的大华饭店吃完中餐,参观了广场上的展销品和农贸市场。

下午1点,我们前往欧洲公共管理学院,开始了出国后的正式培训。Mr. Terud(挪威人)介绍了欧洲公共管理学院的基本情况。他说:1981年成立学院,是一个私立机构,有22个欧洲国家的教授(今后还有5个国家要加入);欧盟把资源整合的任务交给了这个学院,欧盟出资25%,其他由学院自行解决;学院的主要任务是培训,到2007年共培训2.7万人,主要的学员来自欧盟,25%的学员来自邻国,15%的学员来自欧洲行政学院,10%的学员来自公司企业和非政府组织,更为有幸的是培训了中国和俄罗斯的学员。Mr. Castilloigleslas（西班牙人）介绍培训日程后，Mr. Joskievtts（副州长）介绍了荷兰的多层次管理（行政管理）问题。他说，荷兰人口1600万，人口密度大，荷兰是世界上最富的国家之一；政府由三级组成，即国家—州—市政府（有450个），现在还受欧盟的管制，创造了第四个管理层次，在保持自己国家定位的同时，面向欧洲这个大群体拓展自己的发展空间，随着社会信息量增大，需要政府更多的介入，有必要把州与市政府合并；一个政府要有精英的管理人员，政府要做企业的合作伙伴，与企业一起创新，从过去的工业经济转移到知识经济（大兴教育），知识与商业结合，政府做中间人。总之，政府在社会中扮演积极的角色，是一个区域的一分子，推动人民去完成一件事情，上级政府要多给下级政府一些运作空间，公务员帮助政治家完成决策，政治家像商人，实行弹性政府，做到公平透明，公务员要有创新思想，每天发现和创新世界，坚持革新和学习，政府要吸引和引进人才，办理定居手续等，不让人才流失。

11月21日　小雨转晴　星期五

今天，继续在欧洲公共管理学院上课，Mr. Terud主讲"欧洲的联盟与国家界限的取消"。他说：欧洲的整合始于1950年，法、德、比利时、卢森堡、意大利等6国提出合作，一致同意货物流通不受限制。德国和意大利是二战战败国，其他是战胜国，6国在一起还可以避免战争。1973年，英等3国加入欧盟，1983年，西班牙等国加入，1995年，奥地利加入，2004年，原苏联解体后的一些国家加入，到现在共有27个国家加入了欧洲联盟，每个会员国要向欧盟交纳费用。在某些方面由欧盟决定其国家的政策。欧盟的权利由每个国家交给欧盟,使用权利在欧盟条款中有规定。欧盟委员会(行政机构)可以给欧洲理事会提一些立法建议,同时把这个建议送到欧洲议会。理事会有27个会员(每个国家有一个代表)。有了区域组织和经济组织,就有了欧洲法庭,设在卢森堡。欧洲联盟有4种自由:一是人的自由流动,不允许国籍上的歧视存在,只有学历和能力的存在。另外,凭一个国家的居住证可以到任何一个国家居住。二是就业自由,在欧洲工作可以自由来往,在欧洲的一个国家工作,就要享受这个国家的社会保险并向这个国家交税。如果要更换新的工作,只要与新的雇主签订合同就行了。三是货物的自由流通。取消了海关,合法流通、合法进口。在27个国家没有关税,只要有一个国家从国外进口的货物都可以在27个欧盟国家流通。四是资金流通自由,用同一货币(欧元)在欧洲流通。欧盟27个国家的资金自由流通,不存在兑换问题。欧洲联盟的问题主要是没有欧洲统一的军队,国土安全由警察来保卫,法律不统一、税收不统一、交通规划、经济发展、教育等都不统一。欧盟对富国和穷国也采取了一些措施,富国支持穷国。欧盟27个国家268个地区,4.93亿人口,对GDP人均75%以下的,在2007~2013年准备了87亿欧罗来解决不公平和差距。富裕国家要帮助GDP人均75%以下的国家。90年代初期,瑞典、丹麦、英国退出了欧盟。欧盟整合的重要性在于内部有一个单一的市场,避免分争和不公平。

下午2:30分,我们继续在欧洲公共管理学院,听取Mr. Advanpoppel(荷兰人,研究区域发展的专家)《关于地方政府在区域经济中扮演的角色》的报告。他学的专业是经济社会管理，干过政府的事，搞过房地产、制造商，现在是政策咨询专家又是一个城市的经理。他说：政府的结构是中央、省、地方政府(市)议会(150个议席民主选举产生)、省级有12个议席(选举产生)、450个市政府的市长和顾问通过选举产生，但市长还要由中央政府任命。从上到下和从下到上都有经济政策，省是中央的经济伙伴。阿姆斯特丹在世界上建立了第一个股票市场，17世纪荷兰西部经济发展勃起，主要是贸易，商船与中国、日本来往。200年后发生二次大战，为让东部发展、西部企业东移，创造就业机会，对私营企业国家有补助鼓励他们创业。1956—1957年飞利浦公司建立后找了很多廉价劳力，国家给企业实行免税政策，25年后取消了这一政策。90年代后，因企业竞争较大，国家支持强势企业发展，在荷兰主要支持航空港、海口港、科技港(飞利浦)。国家从私人那里购买土地盖好企业后再高价卖出，公私合营模式不会成功。

11月22日　小雪转晴　星期六

早晨7:40分左右，马斯特里赫特这个荷兰东南部的小城飘飞着小雪，我在旅店附近的足球场旁边凝望着飞翔的海鸥……

上午10点多，天空晴朗，我们进城逛商店。在城中一河堤上，我与云南的陈英、谭家文摄影留念。逛衣服商店和表店，一无所获。只有云南的纳杰和西藏的再吉各购得一件价格昂贵的上衣。

11月23日　晴转大雪　星期日

上午9点，我们乘大巴车前往阿姆斯特丹。11点多，我们到达阿市时,天空飘飞着雪花。我们在一河道旁摄影留念,河道中海鸥飞翔。我们在阿姆斯特丹的大街上游荡着,街道虽说不宽,但很整洁。下午5点以后雪越下越大。

从上海一直陪同我们的德国技术合作公司经济改革综合项目主管孟默林先生,雇了一个身着红色上衣性格十分开朗的金发女郎做我们的导游。她说,阿姆斯特丹虽说是荷兰的首都,有75万人,但政治中心不在阿市,而在威海(音)。阿市是一座水城,城内河渠纵横交错,为了增加建设用地,已填掉了一些运河,现在只剩100多条运河了,有150公里。我听Mr. Advanpoppel说过,荷兰有一半的GDP是通过出口实现的,鲜花产品世界第一,有一个很大的奶牛产业公司,其牛奶产品最多,因在海平面以下适宜养奶牛。

她带我们前往城郊参观大风车,沿途给我们介绍了当地的房地产,并说住户晚上也不关窗帘。夜幕降临,导游带我们在车上参观了红灯区,在暗红色的灯光下,金发女郎身着三点式在透明的玻璃窗里等待着客人的光顾。

晚上10点,我们回到了马斯特里赫特,高速公路两侧的路灯通明。

11月24日　大雪　星期一

今天是我们出国的第八天,我们在上午9点就到了欧洲公共管理学院,继续上课。从英国一所大学过来的Mrs. Wot给我们主讲《地区发展与经验》。她介绍了区域发展的内容、原则、手段、工具以及27个成员国区域发展与贫富之间的问题。她说:最贫穷的在欧盟占1.5%,罗马尼亚、保加利亚最穷,贫富差距最大。欧盟用三种手段来推进贫困地区的经济发展,一是欧盟法律(158条)规定区域经济发展,二是经济与社会协调,三是财政投入、团结基金。欧盟推进区域经济发展的手段:每七年做一次推进区域经济的改革,不断积累经验。一是结构基金,规条的制定与施行,特定的基金加了一些特定的规章;二是社会基金,专门帮助与人力资源有关的项目;三是农业担保基金;四是辅助渔业基金。这些基金是1975年建立的,是帮助区域发展的工具。跨区域之间的合作,一是对具有生产价值的中小企业的直接投入,如购买生产设备、建立生产线等,给予资金帮助;二是基本建设,包括环境保护、再生资源以及对区域发展有贡献的都可以得到资金帮助;三是培养自生发展的资助;四是技术上的援助。区域落后地区在社会转型期有社会结构问题、培训制度与就业问题。缩小贫富差距,主要是新加盟国,存在地区性竞争与就业问题。缩小贫富差距,以GDP来衡量。GDP低的区域或国家,可以得到团结基金的帮助,主要是基础设施建设。在距边界150公里之内还有跨边界合作,2006年1月31日就有13个合作区。区域发展的原则:一是专注原则,把钱集中在大地区、小地区和教育培训项目上;二是多年性原则,计划是跨年度的;三是伙伴关系的原则,会员国应分担任务,会员国之间是谈判协调关系而不是下达任务。中央不给地方下达GDP指标,一切由地方议会自行决定。对项目计划,要由国家、地方、咨询专家、社会活动家同意后才能制定。资金的分配:70%用在最穷的区域或国家,最富的得到11.5%的资金,比较富的得到12.3%的资金。GDP人均低于75%的资助占81.5%。改善经济结构,提高竞争力:一是生产力;二是劳动效率;三是新的观念和科技创新;四是教育;五是国民可支配的那部分收入;六是信息化网络；七是基本建设。

12点半，马市下起大雪，学院负责人给我们发完结业证书后，我们冒雪前往大华饭店用中餐。陪同我们的翻译郭女士离开我们乘坐火车返回巴黎，听说有2人送她。约2:20分，我们离开马市前往法国西南部边境城市凯尔。我们乘坐的大巴车在德国境内的小丘陵地区奔驰，雪越下越大。晚上约7点多，我们到达凯尔。在沿途的一个服务区（加油站）我们用过了晚餐，在国外每人每天生活补助40欧元。我和云南的老陶、西藏的再吉、丹赤列住在火车站附近的一个小旅馆。我们的翻译王岚非常热情的来看我们。王岚年轻漂亮，很有气质。我们在言谈中得知她是上海人，30多岁，在上海上大学，毕业后在上海工作期间，认识了现在的先生，德国人，在柏林的一所大学任教。她是自由职业，还为父母在上海买了一套房子，有个妹妹在上海。在旅店，我给她赠送了从西藏带去的挂毯，希望她在以后为我们做好翻译工作。在以后的翻译中，她很机灵，翻译工作做得很好，大家都非常认可。但她的收入也不少，约一个礼拜的时间，她的收入就有5000~6000元人民币。

11月25日　晴　星期二

我们在莱茵河上游的法国西南边境小城凯尔的欧洲学院，阳光明媚。

上午9点，欧洲学院副院长Mrs. Thevenet向我们介绍了活动日程，并介绍了学院的基本情况。她说，学院主要是提供培训和咨询服务。德国和法国以莱茵河为界，二战结束后，就开始了边境合作，1993年以来就没有了边界。

Mrs. Wassenberg，是德国人，在斯特拉斯堡大学主讲历史，是法国边界方面的教授。她今天给我们主讲了《跨境合作欧盟、法国及德国的管理》。她说，上莱茵河的边境合作主要有德、法、瑞士三国。边境合作是欧洲的新问题。不同国家的人又是邻居，就有了边境、跨地区、分散型的合作。关于边境合作，1962年提出"边境与和平联系在一起"。1963年，瑞士首先提出，开始了边境合作，但瑞士不是欧盟成员国，在边境合作中难度较大。在德、法、瑞士三国还存在一些语言障碍问题。1963年，瑞士的巴赛尔省想往德国、法国发展经济，就成立了一个协会来组织跨境的边境活动。1975年，在法国的上莱茵省成立了一个协会（1995年在德国的来福省成立了一个协会，开始了城市市长以及企业之间的合作）。70年代的法国是中央集权，而德国和瑞士是联邦制。但外交权限仍在中央这一层。1982年，法国从中央集权变成大区（有议会），提出边境合作的不同意见。1983年搞了一个研讨会，后来上升为边境合作，1988年上升为"三国会议"，以法国阿尔塞区为主，搞了非政府组织的合作，发出项目合作倡议，提出不同的合作课题。1995年10月22日，德、法、瑞士三国在波恩签定了协议，把边境合作合法化。其主要内容：对边境问题进行研究并寻找解决途径（当时没有把边境合作限制死，有很大的合作空间），扩大了边境合作地域（北面），把一些合作机构确定下来，成立了跨国界的政府委员会（包括德、法、瑞士三个国家的外交部），从地区层面提高到了国家层面，这时仍有地区的委员会，三国委员会在南面，在北面是法、德两国的委员会。2000年9月1日，对波恩协定进行了修定，叫巴塞尔协定。

边境合作从协会到多方合作机构,在凯尔就有4个机构,有办公地点,有经费(三国各投入三分之一,各国投入的渠道不一,欧盟也会投入一些资金)。

90年代的边境合作,强化了地方的合作功能,中央政府委员会——联席会议办公室——秘书处(1996年成立秘书处,由欧盟资助)。

1988年开始了政策方面的合作,即立法机构方面的合作。1989年,欧盟委员会为促进地方合作,设立了5个试点地区,在欧盟委员会就有一个地区发展基金支持边境合作。为了完成项目,又成立了管理机构,每个项目都有这样的机构,即专业委员会、项目指导处、秘书处。1997年成立了参议会,共有71名代表(德、法、瑞士),议会里有执政党成员、反对党成员、城市市长等,每个议员代表自己所在的区域,区域的划分仿佛又增加了新的边界。几个小地方联合在一起进行合作,2003年提出了欧盟一体化进程,首先提出了边境合作,两国边民融合在一起,消除了国家概念,都是邻居的概念,相邻政府的合作。边境合作的发展趋势:机构越来越多、交流合作越来越深入,区域和课题不断扩展、欧洲化(欧盟参与其中)、专业化(专家参与)、网络化(构成共同的空间)。对边境合作遇到的问题:市民对机构多了找不到具体部门、欧盟不断出新的规定,遇到的问题越来越复杂,地区个性定义问题,文化差异问题,边境合作与欧盟一体化的关系问题,涉及社会保障等方面的合作要上升到国家层面非常复杂。

Mr. Uebler 主讲:德国、法国的行政体系。德国和法国的行政管理、历史、语言等都不一样,了解行政体系,必须了解其地理、历史。德国位于欧洲中部,人口8000万,邻国较多;法国在欧洲面积最大,有55万平方公里。德国在上千年里与邻国有很多问题,1990年以后才在地图上看到德国,为联邦制国家。从1686年开始,法国就处在现在地图上标注的位置。法国在中非、南非、东亚国家有领土问题。一直以来,德法就有领土分争问题。法国集权制开始于拿破仑。市民对政府的期待是一样的,但德法两国解决的办法不一样,虽历史不同,但未来是一致的,他们共同的未来是欧盟(消除了边界,统一了货币)。

120～130年以来,德国就是发达工业国家。1870～1900年经历了工业化发展,人民集中涌向城市。德国的结构以城市为主,二战结束后,德国重建城市而不是重建国家。二战结束后,法国以重建城市为主,包括建设农村,实行中央集权制。在30年前,法国才形成城市群。德国是联邦制国家,其权限是联邦层面上的政策问题,联邦洲是平行关系而不是上下级关系。宪法规定:德国由联邦政府和16个联邦洲组成。最小的联邦洲只有70万人,最大的联邦洲有1800万人。联邦众议会是立法的,在全国适用,也有联邦洲自己的立法(教育事务、治安管理例外)。联邦洲执行联邦政府的法律法规。在德国有30万人从事行政管理,有250万人在联邦洲工作,在地方工作的也有250万人左右。法国是集权制国家,议会在巴黎,有很多部委,由国家统一行政;有100多个省(是拿破仑定下的),每个省有一个省会,有省长也有地厅级单位。

中午,我们与当地学生一同在行政学院食堂用餐,得知他们高中毕业后直接上大学,毕业后为公务员。

下午,我们继续上课。巴州自己规定有1500个居民就可组建一个城镇,有的州规定5000个居民就可以组建一个城镇。城镇的功能(有35个县,1100个乡镇):供水排污、垃圾处理、消防、电力供应。县级单位承担垃圾处理。要组建一个城镇必须具备垃圾处理、学校,乡镇有小学、县级有中学、省级有大学,财力自行解决,只有重点大学国家才管一点。在法国有中央政府和乡政府,每个乡有500人。在20年前又设置了两个行政级别,增设了行政州,成为中央——大区(26个)——乡镇(233个)。在法国的小城镇,必须有小学,人员由国家支持,校舍由乡镇承担,省级行政单位承担初中、道路修建、社会保障,主要是医疗和对青少年的促进,大区的功能是经济促进,负责高中、铁路交通等。法国的私有化是通信,公共事业的私有化非常少。在20年前法国设三个行政级别,把国家的职能转到地方。这样放权的好处是好承担责任。在德国一个城镇(乡镇)选举一个城镇的议会,每届15年,南德选举议会同时由市民直接选举市长任期8年;在法国一个城镇由居民选举委员会(6年一届),选举市长为6年选举一次。法国选举出来的是名誉市长,报酬很低,但有别的收入来源。德国的市长属公务员序列,收入高,市民要求也高。法国的市长是兼职的,有的还是议会的议员。德国的市长是职业的,就要提高基层人员的待遇,留住人才。

  Mr. Dreyer主讲跨境合作中的空间管理和土地规划,由行政学院的Mrs. Astrid DAC QuN主持。他说,为什么要与其他国家合作:一是边境地区的历史原因;二是地理文化上的原因,历来就有往来;三是人文方面的原因,住在法国工作在德国或住在德国工作在法国;四是政治上的原因,加强国与国之间的合作,增进理解;五是欧盟一体化的原因,成员国更好地融合。

11月26日　阴转晴　星期三

Mr. Beck(欧洲行政学院院长)主讲：跨境合作与政务的关系。为什么要跨境合作：一是历史原因，二是经济方面的需要，三是把跨境合作看成欧洲一体化的实验室。政府对边境地区的管理：在行政层面，上莱茵联席会议有500名工作人员；在政治层面，有上莱茵大会，州、省、大区的议员都参加；在地方层面，有相邻城镇的跨境合作；在经济层面，行会与协会之间的合作；在市民层面，有民间协会等。欧盟对跨境合作的支持：一是项目促进，二是欧盟地区委员会的支持。跨境政务：一是行政人员相互接触认识，二是信息交流，三是协调，四是制定规划和策略，五是共同决策，六是共同实施。地区政务：以地区发展的需求为着眼点；合作方式自定；通过接触和信息交流，触合各方；通过各方面的汇总形成网络相互得益。跨境政务的实施：一是改变合作方式，不由政府来抓，由民间个人团体参与，二是协调不同国家的不同文化，三是交流方式，四是处理矛盾的方式，五是平等对话，六是解决问题的方式。构建合作的平台是人与人之间的相互理解。

Mr. Frey主讲：上来茵的跨境合作以及联席会议在跨境合作中的作用。一是所处的环境一样，但国与国之间的体制不一样；二是联席会议(各国派出代表)讨论的问题：环保(水源是共同的)、交通(在上莱茵这个交通枢纽搞轨道交通)、卫生、教育(包括青少年工作)、体育、灾害事故、空间管理、经济、农业(主要是种玉米)、城市协调等。改善生活的项目：搞了博物馆门票的通票(每张69欧元)；职业教育的学生到国外学习搞了一个能力认可证书；制作了上莱茵地区生物多样性的表;建立了区域网站,每小时更新一次环境测量数据;共同制定了上莱茵地区的统计方法;在三国边境接壤处(莱茵河)对事故进行联合演习和处置。这个项目由欧盟出资50%,3万以下的小项目由联席会促进会解决,联席会的费用由三个地区各出三分之一,工作人员的费用由各个国家自行解决(国与国的工资标准不一);因文化差异,对一些认识问题要协调一致。

下午,Mrs. Vlachava女士介绍信息咨询处的情况。她是学法律的,从2007年开始在凯尔、斯特拉斯堡信息咨询处工作。1993年11月6日成立信息咨询处,主要是向公众提供信息咨询。

Mrs. Thieler说:欧洲信息消费者协会是1993年成立的,是非营利性的,主要任务是提供消费信息服务,接受消费投诉,对消费者与企业的矛盾进行调解。

Mrs. Thevenet(欧洲学院副院长)介绍欧洲学院。她说:欧洲学院主要是提供咨询服务和培训,共有4个机构,10名工作人员,其中法国、德国各5人,用两种语言,服务对象有德、法和其他国家。1993～1999年获促进资金支持,2000年后因其不是新项目,欧盟的资助期结束,他们寻求新的资金来源,如培训等。学院具备基础能力、专业能力、欧洲能力。学院的资源有图书馆、研究成果等。学院的教学方法:面向需求和实践,跨文化的元素保持中立性,开发新的培训方法,网络化的联络。跨文化的问题:从自己的习惯思维解脱出来,在合作中不期望对方相同的环节,向对方学习,并把自己的东西向对方解释。

11月27日　晴　星期四

上午9:15分,我们从德国西南部小城凯尔出发,9:45分,到达法国东北部城市斯特拉斯堡。10点,我们通过安检,进入欧洲议事会中心会议厅。依沙白拉女士介绍议事会的情况。她说,1949年成立,有47个国家构成,主要是民主人权法制;议会大会,每年开四周会,有318名正式的议会代表议员,座位按姓氏字母顺序排列;把提案交给部长委员会(47个外交部长组成)这个决策机构(欧洲议事),自成立以来,共有200多份决策文件(人权公约、反恐公约等);欧洲人权法庭,有47名法官(每个成员国一名),在不远处有欧盟议会(立法机构)的议会大楼;这里有2000多名工作人员(47个国家),工作时的语言用英语和法语。接着,我们访问了欧洲议事会,对这个地方我们都保持政治警惕,不说多的话,回避敏感话题。一位德国人给我们介绍了欧洲议事会的有关情况。他说,他在这里工作了17年,分管社会凝聚。二战结束后,于1949年成立欧洲议事会,目标是保护人权、民主、法制,促进各国文化定位,促进各国的团结。刚成立时只有10个国家,现在发展到47个国家。欧洲理事会的任务:负责两种法律文本,一种是公约,由成员国签字才生效;第二种是建议性文本,对成员国没有约束力。1950年出台欧洲人权公约,是欧洲法庭工作的依据,工作人员有600名左右,受理的案件一半是土耳其和俄罗斯。1961年首次制定欧洲社会宪章,1996年进行了修改,是专门针对社会方面的条文,它与人权公约不同,不支持个人诉讼,各成员国定期报告社会发展情况,由专家评估。欧洲议事会每年预算2亿欧元为8亿人口服务。10年来,这个预算没有变化,费用来源于成员国会费,大国交60%,小国交40%。欧洲议事会下设机构有欧洲议事会秘书长由议会大会每五年选举一次,有47个国家的300多名议会议员,由国家议会派代表过来,这个议会大会不是选举出来的。议会大会的职责就是每五年选举一次秘书长。欧洲议事会最高决策机构是部长委员会,由47个成员国外交部的代表组成,每周三开一次会,讨论当前的热点问题。

11:45分,我们在欧洲议事会大楼前合影留念后返回凯尔的中国饭店用午餐,约1点时,我们向慕尼黑进发,途见小山岗(100—200米),一些地方下着小雪,6:45分我们到达慕尼黑,住HOTEL酒店,7:30分在明园饭店用晚餐。

11月28日 晴 星期五

早上7点,我们到旅馆二楼吃西餐,上午9点出发听课到12点。主要是听巴伐利亚州经济、基础设施、交通和技术部负责人讲巴伐利亚州与中国的经贸关系。巴伐利亚州面积70552平方公里,是德国最大的州,1250万人口,在欧盟排第八位,2007年的GDP为4340亿欧元,在欧洲排第七位。主要城市有慕尼黑、纽伦堡。它是以农业为主转向高科技为主的州,发展目标是经济增长、人民富裕。同时,与环境承受力结合起来,解决好城乡生活水平的平衡和发展中的地区差异问题。巴伐利亚州是通向东欧、中欧及南欧的门户,处在拥有4.94亿消费者经济区的中心位置。1995~2007年的经济增长额为34.6%,在德国排第一。突出的购买力,2007年人均国民生产总值34716欧元,失业率平均为5.3%。巴伐利亚州的经济优势:国际竞争力,2007年出口比率达49.69%,出口额达1540亿欧元;突出的科技创新能力,占德国专利申请的28.5%,巴伐利亚州的研发经费占国内生产总值的3%;有11所大学、17所专科大学、11个马普研究所、7个弗朗霍夫学会研究机构、3个贺雷姆霍茨研究所;均衡的企业结构,跨国公司和中小企业并驾齐驱。巴伐利亚州对农村实行持续原则、发展原则和城乡协调原则,全州各地在10分钟内都可以上高速公路,95%的居民的居住区都有污水处理站。鼓励企业到农村发展,政府根据其解决的就业岗位确定补助额度。巴伐利亚州的一个县达到15%的人口负增长(人口迁出、出生率低)。促进地区发展的原则:优先原则、优先保持原则和地区原则。地方政府用财政调节机制来鼓励企业,首先是政府出资一部分,如果企业不能连续保持就业岗位,政府就收回这部分投资。一般250个岗位以下为中小型企业。补助额度在欧盟促进基金中规定最多不超过50%,具体补助多少自行决定,即:欧盟作规定,州财政出钱。

我们吃完西餐后已是下午1:30分,大家乘车参观慕尼黑市容市貌和名胜古迹。主要参观了建于100年前的王室"夏宫"和西特勒办公室。下午4点多,我们前往奥运村参观(1972年举办的奥运会,听说在安保上出了问题,发生了枪击运动员事件)。奥运村就在宝马车总部附近,我们以宝马车总部为背景拍照留念。

巴伐利亚的城镇凝聚了中欧历史和文化的精华。宏伟的教堂、迷人的城堡、众多的博物馆和展览会。信步于老街,随时感受到城市生活的脉搏,呼吸到无处不在的鲜活的气息。

在步行区、华丽的广场、狭窄的小巷,是纯粹的购物天堂。

11月29日　晴　星期六

在慕尼黑，自由活动。慕尼黑是巴伐利亚州的首府，这座伊萨河畔的大都市是一个让人享受生活的地方。它既有世界级大都会的品味，也有阿尔卑斯的独有的韵味。十月的啤酒节、歌剧院、辉煌的宫殿、世界闻名的博物馆、现代购物中心、高科技研发中心、美味的地方菜……

今天，我必须完成一项购买任务，就是在出国前答应同事帮其购买一块OMEGA手表，这也是我出国后一直记挂在心上的一件心事。

我们在慕尼黑，一直住在离步行区不远的HOTEL酒店。早饭后，我和翻译王岚、北京的于红、小潘、贵州的李静、湖南的老杨、云南的老陶、西藏的老丹等人通过步行区前往品牌区的OMEGA专卖店，购买OMEGA手表。在我的带动下，云南的老陶购买了两块OMEGA手表，其中一块是给他父亲的，湖南的老杨也为自己购买了一块OMEGA手表，贵州的李静购买后又退还了。在购买时我与同事通完电话后，决定了款式和价额，以2565欧元的价额购买了一块非常满意的OMEGA手表（原价2700欧元，通过讨价还价，才打了9.5的折扣），后来回国退税时又退了321欧元，实际以2244欧元买到这块OMEGA手表。完成了这一项购买任务，我觉得很轻松、很轻松。

11月30日　晴　星期日

上午8:15分，我们乘车前往新天鹅堡参观。

我们沐浴着阳光，穿越纯净的湖泊、古老的市镇、广袤的森林。遥望画一般的小村和湛蓝湛蓝的天空,我想起了蓝天白云的西藏。遥望阿尔卑斯山,我觉得算不上很高,但德国技术合作公司经济改革综合项目主管孟默林先生说,阿尔卑斯山是世界上的第二座喜马拉雅。森林、绿地、湖泊、雪山……这才是传说中的阿尔卑斯山,难怪当时的巴伐利亚国王路德维希二世建起了他那座梦幻般的王宫——新天鹅堡。这也是今天上午我们参观的主要地方。

王宫耸立在半山腰上,非常雄伟漂亮。这个王宫是路德维希二世国王下令修建的,整个建设花了18年(1868~1886年),1886年基本完工后,路德维希二世国王乘坐马车出行时惨死在山下湖泊里。路德维希二世国王是一个孤独苦闷的君主,婚姻不幸,与其表妹订婚后不久解除婚约,后一直未娶,无后而终。

我们在王宫的山脚下的一个小镇,就看到了来来往往旅游的人,主要是日本、韩国等亚洲国家的人,乘坐马车上山去了。这些马,很高大、很结实、很漂亮。我们就在小镇上拍照,并在小镇旁边的一个很美、很美的湖泊边拍照留念,湖泊里的天鹅向我们游来……

我们三五成群徒步上山,我和云南的老张、北京的于红、小潘、贵州的李静等人结伴而行,途遇日本的女大学生,她们向我们招呼着并合影留念。

我们进入半山腰,排队进入王宫参观,每人发一个耳麦,自己调整解说语言。我把耳麦调整为汉语言,每到一处都从耳麦里传来一个清脆的说着中文普通话的女中音。

为了以王宫为背景留念,我们前往王宫后山的一座钢架桥上拍照。由于我恐高,只站在桥头拍照留念。我们在森林中溜达,有人说山那边就是意大利……随后,我们乘坐旅游专车返回小镇。

我们乘车前往前面的一个大镇,在一个角落的"中国饭店"用完午餐后已是当地时间的2点多,返回慕尼黑时已是下午4点。我和云南的老张、深圳的老徐等人前往慕尼黑啤酒广场,人山人海,有吃的、喝的,还有琳琅满目的商品、手工艺品,由于人太多,我们迅速离开,前往"明园饭店"用晚餐。

12月1日 阴 星期一

上午9:30分,我们从慕尼黑出发,前往奥格斯堡。11点到达奥格斯堡巴伐利亚州的环保和卫生部。

上午11:10分开始听课。关于环保局的基本情况:巴州的环保和卫生部有4000名工作人员,19世纪中期开始有这种机构,起初研究地理资源。1978年成立水利局,保障饮用水、水资源利用和水上交通。环保作用:在环保方面有70%~80%由欧盟决定,主要是依照欧盟准则,各国制定法规在州这个层面上制定。主要作用是确保遵守环保措施,并用项目来实现环保法规。巴州的环境分两块,一是专业机构,由环保部与执行单位制定一些基础的东西,二是执行机构(环保局是研究决策的专业机构),遵守规定、执行措施,与各级城市行政机构(如城市规划局)一起工作。关于环保局的任务:一是对环境质量进行调查收集评价(基础工作)。把空气、水、植被等作为收集对象。目前,有44个这方面的项目,巴州有4600多个观察点和采集点(巴州的面积与我国的山东省一样大),对河流、地下水、电子辐射等的收集监测,核放射元素对野猪的影响等试验项目;二是确定环保目标。对环保目标作出界定,在法律和技术上进行规范,实现法律规范的方法,环保部门研究制定实现欧盟法律规范的一些手册,对环保作出一些具体的定义,如企业的选址,环保要介入,制定各方面的环保标准,为企业提供环保标准咨询服务,针对不同的企业提供不同的方案。在建厂时就按环保标准建设,主要程序是申报、监控、违规处罚(不达标不运作,还要罚款,处理的费用由其承担,这是行政处罚),还有刑事处罚交给警察。如果企业出问题,就像丑闻一样上报纸,企业去银行贷款银行也要考虑其设备符不符合环保要求。居民对垃圾不分类要罚款,但一般情况下,居民对垃圾是要分类的,只有分类了产生的费用才少。据王岚讲,有些人的道德有问题,把自家的垃圾倒到她的垃圾箱里,她只好把垃圾箱上锁。州与州之间的环保部门有时组成工作小组联合查处和制定一些环保问题和方法,与其他州有共同的项目(生态保护区),如水域管理,欧洲第二大河流多瑙河经过整个巴州;三是提供专业咨询(行政机构、企业界)。给企业提供预警信息,同时提供环保策略和方案咨询,让企业达到环保目标;四是对公众的环保宣传。关于环保局的机构(根据专业分部门):一是跨专业与媒体、公众沟通;二是负责排放;三是垃圾处理(从产生到处理,尽量避免产生垃圾);四是放射性的保护问题;五是自然保护与景观保护;六是防洪、防水域污染、供水等与水有关系的部门;七是矿业、地热等地理服务部门;八是技术研究等实验部门;九是信息服务部门。关于环保局的工作人员:有1000人左右,来自各专业,受过中高等教育,其中,受过高等教育的人居多,最多的是化学、工程、生物等专业,气象人才缺乏。

  下午1:30分我们继续听课。关于跨境合作中的土地管理:一是土地与环境问题。巴州的人口密度是每平方米有171人,土地被利用,植物减少,建筑面积越大,地下水形成越少;建筑面积越大,热量越高,区域环境越受影响,同时影响粮食安全。粮食也可转化为能源。在巴州,农业占地50.06%、森林占地34.92%,城市建设占地10.78%,其他占地4.24%。最早说可持续来自森林,就说百年树木,伐木不能越过生长。到1992年全球才有可持续发展的提法。在巴州,平均每户人口为2.13人,每户1人的占38.5%,社会结构老龄化;土地规划时要考虑老龄化问题;人口增长靠外来人口,用吸引人口和外来企业增加当地税收。节约用地问题有相应的法规(联邦有土地保护法、自然保护法、建设法典),城建要看土地是不是充分利用了才能扩充。每个州都有土地规划的自主权,既符合地方发展利益,又要符合国家规定的节约土地的原则。工业用地的再利用和废弃土地的利用:一是要调查可利用土地,建立数据库;二是地方与地方合作(如共同开发工业区),提出节约用地的措施和计划(各行政单位、企业、专家一起讨论有效利用土地);三是进行一系列的宣传活动。目标方向:一是做长期的土地规划;二是内部发展符合生态和社会的质量;三是恢复每个城镇中心的功能;四是公共设施建设与个人、企业建房时尽量减少铺设的路面。关于跨地区的土地管理:制定方案,让其他州适用这个方案。巴州土地私有占95%以上,森林由国家、州、私人各占三分之一。

下午2:45分,我们从巴伐利亚州的环保和卫生部出发前往纽伦堡。下午5点抵达纽伦堡市住RAMADA旅馆,我住353房间。下午6:30分,我们前往"富临门"中餐馆(一个广西籍定居越南的人家开设的餐馆)吃晚饭。

12月2日　阴　星期二

上午9:15分,我们从纽伦堡市出发前往弗兰肯地区。10:02分,我们到达弗兰肯首府阿斯巴花尔听课至12点。关于中法兰克区政府:它是巴州的一个区(巴州有7个区,200年前就形成了,是根据交通情况划分的),面积有7.246平方公里,人口有170万,人口密集在农村每平方公里有7人,城市每平方公里有439人。机构设置:州政府(部委)——大区——县市(城镇)。关于经济发展促进政策:一是经济促进的框架条件。欧盟的框架规定、国家的指令、州的规定,都有资金支持经济发展。州内的预算法,促进计划、执行规范,也都是促进经济发展的。二是对企业的促进(不超过250人的为中小企业)。资金促进,企业到区政府申请,小企业最多可得到20%、中企业最多可得到10%的补贴;技术促进,由州里的部委负责技术促进项目;银行促进,由联邦、州提供贷款等;间接促进,企业享用基础设施、道路交通、旅游设施等;创业促进,个人创业咨询可到区政府,培训计划由工商行会来组织、区政府给补贴,依靠个人创业中心和个人创业一揽子计划;行会促进,各种行会开展教育培训,区政府给予补贴;项目促进,区政府帮助县里搞一些旅游景点、科研项目、网络平台、会展促进;就业促进,州里有专项就业基金、劳动局负责就业,对就业困难的由州里给提供就业的机构给予补助。关于欧洲地区的政策:通过发展基金、社会基金来实现凝聚力、竞争力和就业、合作能力这三大目标。

听课结束后,我们参观公爵宫殿,该殿始建于1700年前,建成于1720年前后,已有200—300年的历史。下午1:30

分,我们从公爵宫殿出发,参观"阿迪达斯"和"标马"总部,并匆忙购买衣服。返回纽伦堡市后,晚餐仍在"富临门",我仍住 RAMADA 旅馆 353 房间。

12月3日　晴　星期三

上午 8:50 分,我们从 RAMADA 旅馆出发前往纽伦堡市区,访问纽伦堡大都会工商行会。沿途见到古城堡和护城河旧址,仍感二战留下的痕迹。

9:25 分,工商行会负责人依格尔(主要负责国际事务)给我们介绍情况。他说,纽伦堡位于德国南部,属于巴州,3 个州的 GDP 相当于俄罗斯的总量。工商行会下属 120 个企业,GDP1000 亿。产值有一半是从国外挣的。对企业的吸引力应该是慕尼黑第一、巴州第二。在产业中他们的高科技含量高,名牌企业(产品)多。发展经济成功的因素:一是基础设施。纽伦堡位于欧洲中心,方圆 200 公里居住 2.7 万人口,交通便捷,中世纪就是贸易城市。二是国际化。有 2500 家外贸企业,出口率达 45% 以上。组织企业参加国际展会。三是结构转变。从农业向工业再向服务业转变。在工厂的就业岗位越来越少,而服务业岗位越来越多,如交通、物流、信息、通讯技术、医药、咨询、能源、新材料、工程技术、创新服务等涵盖各个方面,产值也高。四是能力创新。建立能力创新机制,把所有的想法都利用起来,把企业与知识结合在一起。科研机构多,灯泡、MP3 都是在这里发明的。1835 年,他们修了 8 公里长的德国的第一条铁路(从纽伦堡到菲尔特,时速 30 公里)。他们把发明的产品绝大部分都拿到国外生产,他们收取专利费。工商行会代表企业的利益,每个企业加入行会要交会费

（工商行会有12万个会员企业）。工商行会每年的预算有2000万欧元,70%来自企业交纳,国家不管。关于企业促进问题：一是提供节能方案；二是提供政策咨询；三是提供促进项目（行会立项、州政府支持和联邦政府的支持资金）。

格阿图爱那先生主讲职业教育。一是职前培训。1969年就有了职业教育,对考试都作了规定。目前,从中法兰克地区的情况看,2.3万名学生签培训合同,通过毕业考试的只有1.7万人。培训内容有技术类和商务类。欧盟有国际交流培训项目,还将越来越多；国内培训项目由劳动局出资,地区、州都有培训项目,所有合同由培训生与企业签订,工商行会对每个学生收取260欧元。同时还有职后培训,进修培训课程,也要考试。二是职业教育体系（也叫双元制）。中等职业教育实行的双元制,是一半时间在学校、一半时间在企业,培训时间为3—3.5年,中考、毕业考由工商行会组织。生源来自差学校的差等中学生。中国也是双元制培训模式,有适应性、晋升性、转岗性培训等。

12:30分,授课结束,一部分人去参观古城堡（二战时被轰炸）,我没有带棉衣觉得很冷,就随一部分人返回住处。说好了5:45分,集合去"富临门"吃晚餐,结果我睡着了,还是北京的小潘打电话催促,我急忙赶去,上车时全体人员轰笑,说我不守时。

12月4日　晴　星期四

早晨,我们7:30分吃早餐,9点从住处出发经过半小时的行程到达纽伦堡市经济市政厅。沿途见到明媚的阳光洒在古城堡和古建筑上……

马里伯士先生代表市长欢迎我们,并主讲"城市行政结构管理问题"。德国与巴州:德国面积357.030平方公里,人口8250.10万,GDP21.770亿欧元;巴州面积70.549平方公里,人口1244.40万,GDP3.851.6亿欧元;德国有16个州,巴州有7个行政管理单位。纽伦堡都市大区(德国有11个都市大区),人口约350万,面积186.50平方公里,从古到今纽伦堡是欧洲工商贸易中心,服务业67.3%,出口额40%,就业人数18万,企业18万,私营企业5万个,有西门子等世界知名企业。纽伦堡都市大区GDP1030亿欧元。优先领域有能源与环境、信息与通讯、自动化与生产技术、医疗与健康、新材料、交通与物流。尖端科研和开发机构主要是高校和专门科研机构。高度发达的基础设施,从事交通物流中心的企业就有250个,有2500名工作人员。目前,鉴于索马里海盗,中德两国正在考虑修建"中国桥"(从德国经俄罗斯到北京的铁路)。能源服务于整个世界,约5万名员工就业于能源企业或与之相关的企业。重点领域有货轮制造及核电站建设、建筑与能源等。文化方面的艺术活动与经济有关,艺术家的创造力可以影响企业创新。社保方面有强有力的失业和养老保障,弊端就是养懒汉。经济部门主要是对企业提供咨询服务,使其生存下去;改善城市形象,吸引外来投资;机场、道路等基础设施,是吸引企业的关键环节;协同网络,使企业与科研结合;土地购买与出售;住宅建设。纽伦堡市行政机构由议事会(仪员组成)——市长——两名副市长——7个部门(市政厅等,每个部门负责人参加议事会)。纽伦堡市有1000年的城市历史,中世纪德国帝国城,圣诞之城堪称欧洲第一,纽伦堡歌剧院盛名在外,博物馆品目繁多等。

11:30分,马里伯士先生授课完毕。我们用完午餐后,1点从纽伦堡出发,快到3点时到达慕尼黑仍住HOTEL酒店。途见慕尼黑机场上空飞机降落频繁。我们在酒店里丁兴标团长主持召开了一个简短的出国考察(区域治理、经济发展与环境保护项目)的总结会,我作为小组长在会上作了简短发言。晚上,我起草考察报告,做好回国的准备。

12月5日 晴 星期五

今天,是我们在国外的最后一天。早上7点,我起床到HOTEL酒店二楼吃早点。随后退房,把行李存放在酒店一楼的一个角落里。我和湖南的老杨、广西的老严到酒店对面的几个商场购物……

下午,我们返回酒店,乘车前往慕尼黑机场。我们在机场办完退税手续后,前往候机厅,在免税区购物。一直陪同我们的孟默林先生乘机前往北京,王岚女士也乘机前往柏林。他们在机场为我们送行并话别。

我们乘坐的LUFTHANSA 航班于晚上9:50分在慕尼黑机场高架跑道上滑行,9:55分起飞。我就座在37E,鸟瞰慕尼黑灯火辉煌。飞机从慕尼黑起飞后,经华沙(高度11125公尺,时速981公里)、明斯克、特维尔(距莫斯科不远)、乐卡捷琳堡区域、鄂木斯克区域、新西伯利亚区域、乌兰巴托,之后进入我国的太原(高度11887公尺,时速946公里)、洛阳区域、南京,抵达上海浦东国际机场,整个行程约8000多公里。

12月6日下午,我和西藏的老丹、老再及湖南的老杨、贵州的李静从上海浦东机场一同乘车返回上海党校。湖南的老杨、贵州的李静在上海党校海兴大厦门口与我们话别,乘车前往虹桥机场。其他同志早在浦东机场就各奔东西了,跑得最早的是广西的老严。这些人再次相聚就难了……

后　记

　　这本集子记录了我断断续续的心灵历程,反映的是一种真实的心境。虽然还显得那么粗糙、稚嫩,但我仍期待着你们用善良而苛刻的目光抚摸这份真诚。

　　我衷心感谢所有关心、支持、帮助这本文集出版的朋友们,祝你们一生平安幸福。

作　者
2013年6月于日喀则

图书在版编目(CIP)数据

雪魂/舒成坤著. --拉萨:西藏人民出版社,
2013.6 ISBN 978-7-223-03875-1

Ⅰ.①雪… Ⅱ.①舒… Ⅲ.①中国文学-当代文学-作品综合集 Ⅳ.①I217.2

中国版本图书馆 CIP 数据核字(2013)第 087266 号

雪　　魂

编　　著	舒成坤
责任编辑	梁国春　格桑德吉
封面设计	李　峰
版式设计	周正权
出版发行	西藏人民出版社(拉萨市林廓北路20号)
印　　刷	西藏山水印务技术有限公司
开　　本	850×1168　1/32
印　　张	5.25
字　　数	100 千
版　　次	2013 年 6 月第 1 版
印　　次	2013 年 6 月第 1 次印刷
印　　数	01－1,000
书　　号	ISBN 978－7－223－03875－1
定　　价	25.00 元

版权所有　翻印必究

(如有印装质量问题,请与出版社发行部联系调换)
发行部联系电话(传真):0891－6826115